Une longue impatience

DU MÊME AUTEUR

ROMANS
L'ombre de nos nuits, Notabilia, 2016 ; J'ai lu, 2017.
Le dernier gardien d'Ellis Island, Notabilia, 2014 ;
J'ai lu, 2016.
Noces de neige, Autrement, 2013 ; J'ai lu, 2014.
Nos vies désaccordées, Autrement, 2012 ; J'ai lu, 2013.
Les heures silencieuses, Autrement, 2011 ; J'ai lu, 2012.

RECUEILS DE POÉSIE
Carnets du Leonardo Express, Encres Vives, 2009.
Castillanes/.doc, Encres Vives, 2009.
Signes de passage, Hélices/Poésie terrestre, 2007.
L'empreinte et le cercle, Encres Vives, 2005.

GAËLLE JOSSE

Une longue impatience

———

ROMAN

Le vent, le vent de l'encre se lève à son passage et souffle dans ses pas.

Et le livre qui suit, n'étant composé que des traces de ses pas, s'en va lui aussi au hasard.

Sylvie GERMAIN
La Pleurante des rues de Prague

Comme la vie est lente
Et comme l'Espérance est violente

Guillaume APOLLINAIRE
« Le pont Mirabeau », *Alcools*

À ma mère

CE QUI VIENT, CE QUI PART

Rue des Écuyers, avril 1950

Ce soir, Louis n'est pas rentré. Je viens d'allumer les lampes dans le séjour, dans la cuisine, dans le couloir. Leur lumière chaude et dorée, celle qui accompagne la tombée du jour, si réconfortante, ne sert à rien. Elle n'éclaire qu'une absence. Dans leur chambre, baignés, séchés, au chaud dans leurs pyjamas aux couleurs douces, les petits sont à leurs jeux, à leurs leçons, à leur monde. Puis ils ont faim, les voilà à la cuisine, qui me demandent pourquoi Louis n'est pas là.

Je ne sais que leur dire. Peut-être vais-je leur expliquer qu'il va arriver ; il sera resté faire ses devoirs chez un ami, ils auront bavardé, il se sera attardé et aura laissé passer l'heure. Et j'essaierai de croire mes propres paroles tout en préparant le repas, en surveillant le four, en disposant les assiettes, les verres, en rangeant la vaisselle superflue empilée sur l'évier, *il ne va pas tarder, venez dîner.*

Je n'ai pas encore fermé les volets, je ne peux m'y résoudre, ce serait murer la maison, ce serait dire à Louis qu'il ne peut plus entrer, que

13

la vie s'est retranchée à l'intérieur et que personne ne doit désormais en franchir le seuil. Les vitres sont froides sous la courbe des doubles rideaux en percale retenus par leur cordon torsadé. Je fixe les points lumineux des lampes qui s'y reflètent, ils démultiplient l'espace en créant un monde inversé, d'une insondable profondeur.

Dehors, la nuit est là, elle succède à un jour d'avril changeant que le soleil a réchauffé, à peine, pas assez pour qu'on puisse croire enfin au printemps, un jour à la lumière assourdie, ouatée, avec un ciel ocellé de nuages gris clair.

Étienne vient d'arriver, je l'entends, le bruit de son pas dans l'escalier l'a précédé, les marches avalées deux par deux, son habitude, éviter celles qui grincent. Il embrasse les enfants qui courent vers lui, une cavalcade joyeuse, puis il se défait de sa veste, enlève ses chaussures. Je reste en retrait. Il s'avance pour m'embrasser, je recule d'un pas, le fixe sans un mot. Puis je parviens seulement à dire *Louis n'est pas rentré*. J'entends ma propre voix, blanche, sourde, embourbée, à l'image du visage exsangue, du visage de craie que je viens de croiser dans le miroir de l'entrée. Je tiens mes mains posées bien à plat sur ma robe, pour qu'il ne voie pas combien elles tremblent. *Venez finir votre repas, les enfants, j'ai fait du dessert*. Étienne les rejoint et s'installe à table. Il avise le couvert inutilisé en face de lui, et aussi mon assiette restée vide, deux disques de faïence blanche éclairés par la lampe à suspension. Il regarde sa montre. Il me regarde.

Je vais le chercher. En se levant, il renverse sa chaise qui claque sur le carrelage de la cuisine et fait éclater le silence. Sa tête heurte la suspension et la lumière se met à voler en tous sens dans la pièce, comme un projecteur fou. J'ai sursauté. Replacé la chaise. Arrêté le mouvement de la lampe. *Au lit, maintenant, les enfants.* Je les accompagne jusqu'à leur chambre, où j'arrange une couverture, regonfle les oreillers, propose une peluche, ramasse un livre, un jouet à terre. *Non, pas d'histoire ce soir, il est tard. Oui, je laisse la lumière dans le couloir. Promis.* C'est le temps des mots secrets, ceux qui permettent de dénouer la journée, de la reposer dans ses plis avant de la laisser s'enfuir, se dissoudre, c'est le temps d'apprivoiser la nuit, c'est le temps des mots sans lesquels le sommeil ne viendrait pas. Je plonge le visage dans la tiédeur des cous, des oreilles, des bras qui veulent me retenir, des doigts légers, un peu collants, qui caressent mes joues, je sombre dans la douceur des cheveux lavés, du linge frais. *Chut maintenant. Il faut dormir.* Une fois franchie leur porte, j'entre dans ma nuit, à la rencontre de la part de ma vie qui vient de brûler.

Étienne n'a pas retrouvé Louis, malgré les heures passées à sillonner le village, la grande route, le port de pêche, jusqu'à mon ancienne maison, la cabane du sentier de la falaise, qui est aussi celle de l'enfance de Louis. J'ai veillé toute la nuit à l'attendre, à guetter dans la rue le bruit du moteur de la voiture, le claquement des portières, à espérer entendre leurs deux voix mêlées dans l'escalier. À son retour, il s'est endormi, épuisé, après avoir cherché en vain à me rassurer. J'entends son souffle, une vibration à la fois légère et présente, une régularité qui s'accorde mal avec ma respiration oppressée, haletante, je regarde les mèches qui tombent en désordre sur son visage, et la masse sombre, arrondie, de son corps abandonné au sommeil sous les couvertures.

C'est une nuit interminable. En mer le vent s'est levé, il secoue les volets jusqu'ici, il mugit sous les portes, on croirait entendre une voix humaine, une longue plainte, et je m'efforce de ne pas penser aux vieilles légendes de mer de mon enfance, qui me font encore frémir. Je suis seule, au milieu de la nuit, au milieu du vent. Je devine que désormais, ce sera chaque jour tempête. Au matin seulement je me suis assoupie et j'ai sursauté en entendant claquer la porte d'entrée, mais ce n'est que la femme de charge qui vient chaque semaine pour la lessive. J'ai honte d'être encore en vêtements de nuit, pieds nus, ni peignée ni lavée, et j'ai sursauté en découvrant dans la salle de bains ma propre silhouette, fantomatique, échevelée, avec les lèvres pâles et de grands cernes bleus.

Le soir suivant, les soirs d'après et tous les autres soirs, Louis n'est pas rentré. À table, je continue à disposer son couvert. Il ne s'est pas présenté au lycée, aucun de ses camarades ne l'a vu, il n'a laissé aucun message, aucun papier dans sa chambre, il n'a rien dit de particulier au cours des jours précédents, rien qui puisse donner une piste, une esquisse d'explication, un espoir, rien à interpréter ou à comprendre. Son absence est ma seule certitude, c'est un vide, un creux sur lequel il faudrait s'appuyer, mais c'est impossible, on ne peut que sombrer, dans un creux, dans un vide.

Les gendarmes sont venus, ils étaient quatre dans le salon, avec leurs uniformes, leurs képis, leurs questions. Ils ont essuyé leurs pieds et essayé d'éviter les tapis, parce que la maison Quémeneur, ici, au village, c'est quelque chose, je le sais bien. Jamais ils n'auraient pensé y être appelés un jour. C'est un monde feutré qui n'a jamais eu affaire à eux et ils sont presque intimidés d'en franchir les murs, et aussi secrètement réjouis qu'on les ait appelés, j'en suis certaine. Chez les Quémeneur, comme dans toutes les maisons de la rue des Écuyers, les gendarmes, c'est juste bon à attraper les voleurs de poules et à ramener les ivrognes chez eux, pas grand-chose d'autre. Ils pourront raconter à leurs épouses à quoi ressemble l'intérieur d'une de ces maisons, ils pourront leur dire la couleur des rideaux, des fauteuils, les gravures sur les murs et l'enfilade de pièces que l'on devine depuis le salon. Elles répondront que c'est bien beau, tout ça, ça fait envie bien sûr, mais ça n'empêche ni le malheur ni la misère d'entrer quand ça leur chante. Ils ont écouté et assuré qu'ils feraient tout ce qui est possible pour retrouver Louis, ils m'ont répété qu'il ne fallait pas trop s'inquiéter, *une fugue, ça arrive, vous savez, madame, c'est un adolescent un peu difficile, dites-vous, mais il va sûrement revenir. Il est mineur, il n'a pas d'argent, où voulez-vous qu'il aille ?* Je n'ai pu que hocher la tête pour approuver ces paroles que j'aimerais tant croire, mais ce ne sont que les mots usés, épuisés, rapiécés, de l'impossible réconfort.

Étienne les a remerciés d'être venus aussi vite, de nous avoir épargné le déplacement à la gendarmerie, il leur a offert à boire, debout, sans traîner, comme cela se fait entre hommes, et il les a raccompagnés en tenant à la main le papier pelure rose plié en quatre où figure le double de notre déposition. Il avait le visage fermé, le pli vertical entre les yeux lui donnait une dureté inhabituelle.

Entre nous deux, les mots peinent à trouver leur chemin, maintenant. Enfin je les ai laissés venir, et je lui ai dit qu'il n'aurait pas dû. J'ai explosé, et les mots jusque-là tenus en bride, à grand-peine, lui ont sauté au visage. Ils le griffent, ils l'entaillent. L'écorchent. Je voulais qu'il ait mal. C'était un trop-plein qui éclatait, qui se déversait, une morsure, un orage. Lorsque j'ai voulu quitter la pièce, il est revenu vers moi, me toucher, les cheveux, les mains, le visage, pour s'assurer que j'étais toujours là, même dans ma colère contre lui. Je me suis dérobée.

Tu n'aurais pas dû.

C'est tout ce que je pouvais dire, le reste, ç'a été avec mes poings. Il ne s'est pas défendu, il a voulu me répondre, et s'est tu. Parfois, il vaut mieux. Il a pris sa veste et il est redescendu à la boutique, la pharmacie au rez-de-chaussée de la maison, avec la double vitrine qui s'ouvre sur la rue principale, avec les pots ventrus en porcelaine blanche aux inscriptions dorées et aux plantes médicinales peintes, exposés sur les étagères en bois sombre, avec les affiches de bébés joufflus et souriants qui vantent les qualités d'un lait maternisé, du savon Cadum, de la Marie-Rose contre les poux, ou celles qui exposent les bienfaits de la Quintonine sur la santé de toute la famille. Il va tenir à distance, pour quelques heures, cette embardée qui nous a empoignés là, au détour d'une soirée de printemps, il va l'oublier là, comme il peut, entre le déchiffrement des ordonnances, les tubes d'aspirine, les boîtes de comprimés et le Mercurochrome.

Oui, il n'aurait pas dû. Pas dû dégrafer sa ceinture en cuir et en frapper Louis jusqu'à avoir mal au bras. Il le sait. Je revois les traces rouges, les zébrures qui s'entrecroisent en losange sur les jambes maigres de Louis. Je devine le bruit du cuir qui glisse comme un serpent dans les passants de son pantalon, et qui siffle dans l'air en s'abattant sur la peau. Chaque geste est sans retour. Ce qui est fait est fait. Depuis longtemps, tout est devenu impossible entre eux. Depuis la naissance des petits, Étienne ne supporte plus mon fils, le témoin encombrant d'une autre vie, le rappel permanent que j'ai été possédée par un autre homme, et tout cela est ineffaçable. Louis est celui qui l'empêche de croire en une vie faite de notre seule histoire, sans peines et sans passé.

Longtemps, Louis s'est tu, pour moi. Chaque jour, tout était prétexte aux mots qui blessent, éraflent, déchirent. Il y a eu les gestes trop vifs, l'impatience, les colères. Les humiliations, les brimades. Je me sens écartelée, je tente de réparer, d'adoucir, de consoler, de prendre sur mes épaules tout ce qui peut l'être. À seize ans, Louis dépasse Étienne d'une tête. Quand Étienne a eu le bras levé, le ceinturon prêt à s'abattre une fois encore sur ses jambes, sur son dos, Louis s'est jeté sur lui, le lui a arraché des mains, il l'a plaqué contre le mur en le tenant aux épaules et l'a regardé dans les yeux. Pas un mot. Il l'a tenu jusqu'à ce qu'il sente la peur dans son regard, jusqu'à ce qu'il sente battre les veines de son cou tout près de ses doigts, jusqu'à ce qu'il sente la terreur enfin changer de camp. Ses bras, en acier, ses phalanges devenues blanches. Puis il a tout relâché. C'est ce qu'Étienne m'a dit, le souffle court, des traces sur le cou. Il tremblait. De colère, de peur aussi, je crois.

Les yeux de Louis. Son regard. Le regard de mon fils lorsque je suis entrée dans la chambre. Un œil de cheval fou. L'œil rond, l'œil qui tourne, cerné de blanc, l'œil qui enferme une peur sans fond. L'œil qui cherche une issue, n'importe laquelle, même un précipice pour s'y jeter, dans une fuite que personne ne peut entraver, calmer ou raisonner. Plutôt les jambes brisées, l'échine broyée que les coups. J'ai vu ça, enfant. Les antérieurs jetés en avant à cisailler l'air, l'encolure tendue à se rompre, les tendons comme des fils d'acier brûlants, la croupe tremblante, la peau parcourue de frémissements, les sabots qui piétinent le pavé, les fers qui font jaillir des étincelles, comme des flammèches sorties de l'enfer. Et le bras qui abat la cravache jusqu'à ce que la bête fléchisse sur ses jarrets, et dans un ultime tremblement, s'affaisse et renonce. Oui, j'ai vu ça. Comment aurais-je pu imaginer que ce même regard, cette même panique, je les retrouverais un jour chez mon propre fils ?

Le lendemain matin, Étienne lui a annoncé son départ immédiat en pension. Les pères jésuites auraient raison de son insolence et de son ingratitude. Ils sauraient le dresser, a-t-il dit. De cela, il était certain. Il savait de quoi il parlait. Au soir, Louis n'a pas reparu.

Seize ans, à vif. Le temps de tous les tourments, des désordres, des élans, des questions, des violences contenues qu'un mot heureux pourrait apaiser, des fragilités qui n'attendent qu'une main aimante. L'âge où tout est prêt à s'embraser, à s'envoler ou à s'abîmer. Je le sais, je suis passée par là. Les grandes marées du cœur. Louis a éprouvé la rage, la déception, la colère, et aussi une peine qu'il ne voulait pas s'avouer, face à tant d'inconnu qu'il découvrait en lui. Il faut du temps pour se déchiffrer à ses propres yeux. Son enfance a pris fin depuis longtemps, il n'en reste qu'une béance, celle de l'absence de son père, que je suis impuissante à combler. Et puis Étienne, arrivé un jour chez nous, si bien élevé, si bien habillé, mains blanches aux ongles polis, chapeau à la main, avec des promesses plein les bras, plein la bouche, cet homme qui m'aime et me désire depuis si longtemps, que j'aime aussi. Il avait promis de s'occuper de mon fils. Depuis, Louis avance dans cette zone incertaine, entre le rejet et l'espoir, entre la défiance et une terrible envie d'être aimé. Comme nous tous.

Il a décidé de l'accepter, cet homme qui m'a choisie. Alors il ne comprend pas. Il ne comprend pas que la main tendue devienne griffe ou serre, sans raison. L'un et l'autre ont tenté de s'apprivoiser, dans une envie de séduction, d'adoption mutuelle. Une affection raisonnée, en quelque sorte, une barque à mener de concert, pour le bien de tous. Un cheminement hésitant, un peu erratique, puis qui semble trouver son tracé. Ç'a été un bref âge d'or, mais je crois que Louis aurait préféré que jamais il n'ait existé. Il est plus terrible de se voir retirer une affection pleine de promesses que de ne l'avoir jamais connue. L'or devenu plomb. Cette violente transmutation, cette insupportable alchimie à rebours. On n'en veut pas à ceux qui n'ont rien à donner, mais comment supporter de se voir privé de ce qui a été un jour offert ?

J'essaie de revenir en arrière, de remonter le courant pour comprendre, une sorte de marche en écrevisse, même si cela ne sert pas à grand-chose maintenant.

Dès que mon ventre s'est arrondi, que mes seins ont gonflé, que ma démarche s'est alourdie, Étienne est devenu d'humeur changeante, coléreuse, irascible envers Louis. Un rien le mettait hors de lui. L'odeur de l'autre, de l'autre qu'on ne supporte plus. Il le chasse de ce territoire qu'ils sont en train d'inventer. Du lieu d'un amour entrevu. Louis a tenté de se faire petit, toujours plus petit, de se faire oublier, de ne rien vouloir, de ne rien demander. Ne pas peser davantage qu'une plume dans l'air, qu'une goutte dans l'eau, qu'un pétale tombé.

Il est mon fils, mon enfant, ma vie et je n'ai pu imaginer ce qui se dégradait, s'amenuisait sous mes yeux. Peu à peu, tout s'est corrodé, effrité. Ce que faisait Louis, ce qu'il disait, ce n'était jamais assez bien, ce n'était jamais ce qu'il fallait, au moment où il le fallait. *Tu ferais mieux de te taire. À ta place j'aurais honte. Avec tout ce qu'on fait pour toi...* Les mots blessent bien davantage que le ceinturon. Sa vie est devenue un perpétuel contretemps, un perpétuel empêchement. Je ne savais comment les aider à retrouver la juste mesure. Chaque tentative était vaine, repoussée, ou ignorée.

Chaque jour un peu plus, il s'est senti devenir un étranger, cela m'est clair aujourd'hui, mais j'ai été aveugle dans le cours du quotidien, ou borgne, du moins pas assez forte pour ramener chacun à la raison. Il s'est senti indésirable, malgré la douceur des gestes et des attentions que je continuais à lui prodiguer, malgré la force vitale, animale, de notre lien. Malgré tout ce que nous avons traversé ensemble. Il n'était plus le bienvenu dans cette maison qui est celle d'Étienne, d'Étienne Quéméneur, et qui le restera, celle qui s'étale, en hauteur, en largeur et en fenêtres sur la rue principale. Il a compris qu'Étienne lui avait juste concédé un semblant de place, comme à un animal domestique dont on n'ose se débarrasser, de crainte qu'il morde au moment où on le saisira.

Par deux fois, il a vu mon ventre s'emplir d'une nouvelle vie, il a vu mon teint pâlir, mes traits se creuser, il m'a vue me charger de fatigue et de joie, il a vu mon pas ralentir, et dans ces moments-là, nous étions plus proches que jamais. Par deux fois, mon ventre s'est ouvert pour laisser le passage, dans les cris et dans le sang, à de minuscules créatures écarlates, vagissantes, désarmantes de présence et de fragilité, vite enveloppées de langes et de couvertures. Gabriel, puis Jeanne. Il en était si heureux !

Je sais qu'il y a eu des jours dont le souvenir l'a longtemps meurtri. Celui de la remise des prix a été l'un d'eux. Il avait tant voulu que je sois là, avec lui. Il était tellement fier. C'était à quelques jours de mon accouchement. J'étais épuisée. Étienne et le docteur Grange m'avaient, à force d'insistance, persuadée de rester allongée, *pense au bébé, Anne, pensez à l'enfant, madame*, et de renoncer à accompagner Louis. Malgré tout, je voulais y aller, lui montrer tout mon orgueil de le voir récompensé devant tous, devant toutes ces familles qui nous ont toujours regardés de haut, tous les deux. Déjà, sur le fauteuil de la chambre, j'avais disposé ma robe, la seule dans laquelle je rentrais encore, et mes bas, puis j'avais sorti mes chaussures, malgré la douleur d'y faire entrer mes pieds enflés, et on l'avait rabroué lorsqu'il avait frappé à la porte pour venir me chercher. *Tu ne crois pas qu'on a autre chose à penser en ce moment ?* Il avait refermé la porte. Quant à Étienne, il avait jugé que ce n'était pas sa place. Louis n'avait rien dit. Il y était allé seul.

J'avais passé la matinée à imaginer la scène, alors que mon ventre se contractait de plus en plus fort, de plus en plus longuement, les reins arqués, la sueur au front, et qu'une nouvelle vie exigeait son arrivée au monde. Tous les parents devaient déjà être là lorsqu'il était arrivé, certainement au dernier moment, à reculons. À l'appel de son nom, il avait dû monter sur l'estrade improvisée dans le gymnase dépoussiéré, lessivé et décoré en hâte pour l'occasion, guirlandes en crépon coloré et bouquets disposés dans de grands vases, encore enveloppés de leur papier cristal, je suppose.

Il avait dû prendre avec maladresse, embarrassé, le livre qu'on lui mettait dans les bras, surmonté d'une feuille roulée et fermée par un ruban. Il avait serré la main qu'on lui tendait, et vite il avait laissé sa place au suivant. Pour lui, je crains qu'il n'y ait pas eu d'applaudissements, comme pour les autres. Personne à embrasser, aucun regard où chercher amour et fierté. Une fois revenu à son siège, il avait dû dérouler le papier et voir son nom calligraphié à l'encre noire, sous la mention du prix de français. Il avait dû regarder le livre dont on venait de le doter, à l'épaisse couverture cartonnée, au titre imprimé en majestueuses lettres dorées dont il sentait le relief sous ses doigts, livre qu'il était venu m'offrir à son retour. Victor Hugo, *Quatrevingt-treize* et *L'Homme qui Rit*. C'est le plus beau cadeau qu'on m'ait jamais fait, ils sont toujours là, sur ma table de nuit, je les ai lus avec émerveillement, même si au début, cela m'était difficile. Parfois je ne comprenais pas tous les mots, je devais chercher dans le dictionnaire. Depuis, j'ai continué avec les livres, comme à l'école, il y a longtemps, lorsque je lisais au lieu d'apprendre mes leçons. C'est un bonheur retrouvé, auquel je ne m'attendais pas. Je le lui dois.

Dès la fin de la cérémonie, il était rentré aussi vite que possible, j'en suis certaine, faute de savoir à qui parler et comment se comporter devant un buffet pris d'assaut. De toute façon, je crois qu'il n'avait pas faim. Personne n'avait dû lui adresser la parole, ses camarades devaient être accaparés par leurs parents. Peut-être s'était-on demandé pourquoi il était venu sans sa famille. Ou peut-être pas. Nous n'existons pas pour ces gens-là. Il était resté invisible. Mieux valait fuir. Dieu, que j'ai eu mal pour lui.

L'intimité de notre nouveau couple, qu'il a dû côtoyer, a été inconfortable pour lui, je m'en rends compte. Je le comprends, malgré notre pudeur, notre discrétion, notre absence de démonstrations devant lui. Je crains que parfois un geste furtif, ou une conversation interrompue par sa présence, ou un gémissement pourtant étouffé, le soir, de l'autre côté de la cloison, soient venus le troubler et faire surgir des images qu'il avait dû tenter d'écarter, à grand-peine.

Peu à peu, je crois qu'il a compris ce que j'éprouvais. Compris le poids de ma dette envers Étienne, celui qui était venu me chercher alors que j'étais à terre, ou presque. Malgré mes efforts pour me montrer équitable envers chacun, je m'épuisais dans cette vaine distribution, dans cette impossible répartition de l'amour. Je voulais croire à la paix entre tous, à l'effacement des malentendus. Débordée, j'ai cru être vigilante, aimante. Aveugle, aussi, avançant à tâtons dans ces eaux troubles du don et de la reconnaissance qui assombrissaient mes envies simples d'une vie apaisée. Comme au cours d'une promenade champêtre en été, le regard tombe soudain sur une chouette clouée à la porte d'une grange.

Louis a résisté, il s'est arc-bouté et a cherché à faire taire en lui la question qui le taraude depuis trop longtemps. Est-il de trop ? Mon enfant solaire, devenu taciturne. Il s'en veut d'avoir cru en cet homme entré par effraction dans sa vie en venant chercher sa mère un dimanche d'été.

Il s'est fait discret, cherchant à se fondre dans la maison, à s'incruster dans les motifs du papier peint, à ne pas peser, d'aucune façon. Et un jour, tout a cédé, une digue qui rompt, un barrage qui lâche. Rien qu'on puisse retenir. Il n'en a fait qu'à son envie, puisque rien ne servait à rien, puisque ses efforts restaient invisibles. Surtout, il s'en voulait d'avoir espéré.

Il avait manqué les cours, une fois encore, lorsque Étienne l'a frappé, si fort que dans sa chambre, de longues heures après, malgré mes mains et mes larmes qui tentaient de le soigner, de l'écouter, de réparer, d'adoucir, il peinait à retrouver son souffle, à bouger ses membres. La tête qui cognait à éclater. J'ai eu peur, tellement peur. La ceinture avait laissé des marques, des lignes brisées, des lignes croisées, déjà gonflées, cloquées, un dessin fou, effrayant et confus, comme une monstrueuse et indéchiffrable formule.

Ce jour-là, il était descendu au port de pêche, il avait tourné autour des embarcations, des amoncellements de filets sur les quais, des casiers, des flotteurs. Il avait retrouvé des odeurs familières de mer, de poisson, de peinture fraîche, rejoint son monde d'avant. Le monde de son père, ce qu'il en reste dans ses souvenirs. Là-bas, il reste le fils d'Yvon. Personne n'a oublié.

J'étais convoquée au lycée. C'est ce que me disait la lettre reçue la veille, quelques lignes laconiques tapées à la machine sur un mauvais papier blanc, une formule sèche et une orgueilleuse signature noire toute en pointes, recouverte par un tampon à l'encre violette. Je l'avais cachée au fond de mon sac, sous mon poudrier et la liste des courses, pour qu'Étienne n'en sache rien. Je me tenais prête à y aller, à expliquer, à promettre. Louis allait promettre, lui aussi. Tout allait rentrer dans l'ordre. Puis Étienne est arrivé au soir, la colère, la honte au front. Dans la journée, il avait croisé le directeur. Humiliation. Il a ouvert la porte de la chambre de Louis sur sa fureur, sur le geste qu'il ne contrôlait plus, le geste de son propre père, le seul dont il se souvienne et dont son bras avait retrouvé aussitôt le chemin. Lorsque je suis arrivée, alertée par les cris, par le bruit, Gabriel trottant sur mes talons, Jeanne dans les bras, juste sortie du bain, enveloppée en hâte d'une serviette, il était trop tard.

Depuis, ce sont des jours blancs. Des jours d'attente et de peur, des jours de vie suspendue, de respiration suspendue, à aller et venir, à faire cent fois les mêmes pas, les mêmes gestes, à essayer de reconstituer les derniers moments de la présence de Louis à la maison, à tenter de me souvenir des derniers mots échangés, de les interpréter, d'y trouver un sens caché, d'y déceler un message, une intention. À penser à ce qui m'avait échappé, à ce que je n'avais pas su voir, pas su deviner, pas su dire. Des jours à imaginer ce qu'il pouvait avoir en tête, à rencontrer ses camarades, ses professeurs. Personne n'a rien à me dire. Je sens que j'importune, qu'on m'évite, qu'on me fuit, mon insistance fait l'effet de la crécelle agitée par les lépreux. Le malheur, ça ne se partage pas. Dans sa chambre, tout est en place, il n'a pris que ses vêtements les plus chauds, caban, ciré, pulls, bottes, un peu de linge de rechange, le livre de Jack London que je venais de lui offrir pour son anniversaire, *L'Appel de la forêt*, et sa carte d'identité.

Je le cherche, comme n'importe quelle mère cherche son enfant et ne cessera d'errer, de renifler toutes les traces possibles, comme un animal, avant de connaître la vérité. J'ignorais abriter en moi, au creux de mon corps de mère, autant de place, autant de replis, d'interstices que la douleur pouvait atteindre et irriguer d'un flux sans fin. Depuis des jours que je ne compte plus, je vais partout, je questionne. Au port, chaque pêcheur se souvient de moi, la veuve d'Yvon Le Floch, et tous hésitent à me parler de la même façon depuis que j'habite la maison Quéméneur, depuis que pour eux, j'ai franchi d'invisibles et définitives frontières. Personne n'a vu Louis. Chaque jour est comme une pierre jetée d'une falaise, qui tombe avec un bruit mat et s'immobilise dans l'oubli.

Il y a quelques jours, je suis retournée à mon ancienne maison, la bicoque adossée contre le vent, avec ses volets bleus fatigués, sur la lande, à l'entrée du sentier douanier qui surplombe la mer, mais il n'y est pas venu. Personne n'est entré là. J'avais déposé du pain, des conserves, des confitures, un peu d'argent. Inutile. J'ai ouvert les volets, aéré, j'ai balayé, essuyé le sable infiltré sous le seuil. Je me suis assise à la table, comme avant, et je me suis endormie, la tête posée sur les bras, comme à l'école lorsque j'étais enfant, cédant à trop de nuits sans sommeil, trop de nuits où le grondement de l'océan s'accorde au tumulte de mes pensées.

À mon réveil, je me suis sentie plus forte. Reposée, les idées claires. Je savais ce que j'allais faire. J'ai décidé d'aller à la grande ville, à quelques dizaines de kilomètres d'ici, d'aller à la capitainerie du port.

Les gendarmes n'ont retrouvé aucune trace de Louis, mais lorsque je suis retournée les voir, les questionner encore – ils n'osent pas m'éconduire, je sens la pitié dans leurs regards qui se dérobent –, l'un d'entre eux m'a dit des mots qui m'ont brusquement semblé évidents et qui n'en finissent pas de tourner dans ma tête. *Vous savez, madame, il est costaud pour ses seize ans, votre Louis, et sur une carte d'identité, ça se bricole, une date de naissance. Et il y a des patrons pas regardants. Les cargos, il en part tous les jours, là-bas. On ne sait jamais...*

À cet instant, je l'ai regardé sans pouvoir répondre, abasourdie, sidérée. Très loin en moi, quelque chose se creusait, se désagrégeait, et en même temps, cette sensation d'espoir fou, de saisir une bouée, un débris de mât ou de coque flottant dans un naufrage, et de s'y agripper pour survivre.

Le lendemain, j'ai pris le car. Le même, celui qui me conduisait à la conserverie, pendant les années de guerre, du moins tant qu'il y avait encore du travail, pour éviscérer sur un tapis roulant, les pieds dans l'eau, dans le froid et les déchets gluants, les poissons argentés, glissants, d'un mouvement de couteau rapide, puis les trancher, mettre les morceaux en boîte. Jusqu'à ce qu'Étienne vienne me demander de l'épouser, à la fin du mois de juin 1945, peu après la capitulation allemande. C'est une nausée qui m'a saisie lorsque je suis montée dans ce car, avec ses sièges en skaï bordeaux aux accoudoirs déchirés, avec cette odeur de misère que j'ai trop connue, avec ces vitres sales et cet indéfinissable relent d'essence et de sueur refroidie.

Une image a ressurgi, une image de ces temps-là, comme une toile qui se déchire devant mes yeux. Juste à côté de l'arrêt du car, où je descendais avec ma blouse et mon repas serrés dans un panier, l'image du drapeau rouge, blanc et noir, immense, flottant avec arrogance sur le bâtiment réquisitionné à l'époque par la Kommandantur, sur les quais, face au bassin à flot. Me revient aussi le souvenir des contrôles à l'entrée de la ville. Les voix rauques, les mots que je ne comprenais pas, les gestes mécaniques, rapides, nerveux, les pistolets-mitrailleurs et les mains gantées de cuir noir, les véhicules bâchés et les énormes motos postées au bord de la route. Bientôt il n'y a plus eu d'essence, ni de travail à la conserverie, pour de longs mois. Il avait fallu survivre, s'en inventer les moyens chaque matin. Et à nouveau, dès que cela avait été possible, j'avais repris le car.

Au port, je suis allée à la capitainerie où on m'a reçue avec indifférence, les femmes n'ont rien à faire ici, c'est ce que j'ai compris des regards étonnés, impatients, posés sur moi. *Je cherche mon fils, Louis Le Floch, pouvez-vous m'aider ?* C'est tout ce que j'ai su dire lorsqu'on a daigné me demander la raison de ma présence entre ces murs. Un jeune officier des Affaires maritimes a fini par me faire asseoir dans un bureau minuscule, encombré, dans le courant d'air de la porte ouverte. Il m'a offert du café pendant qu'il consultait des registres. À chaque page tournée, la sensation que mon cœur allait se décrocher, tomber, ou exploser, et que tout espoir s'éloignait, une fois de plus.

Il ressemblait un peu à Louis, à ce que serait mon fils dans quelques années, avec ses cheveux châtains, ses traits nets, son regard si clair, si franc. Le jeune homme s'est arrêté longuement sur une page. *Louis Le Floch, dites-vous ? J'ai ici un embarquement à la date du 16 avril dernier. Sur le* Terra Nova *à destination de la Réunion. Convoyage d'un tramway, un modèle réformé offert par l'État pour faciliter l'évacuation des récoltes de canne à sucre, d'après ce que je comprends. Il doit poursuivre sur Durban, Buenos Aires et Valparaiso. Du charbon à embarquer, certainement. Retour prévu début décembre, avant Noël.* Il s'est interrompu avant de poursuivre.

S'il s'agit bien de lui, il a signé son engagement la veille du départ, apparemment, en remplacement d'un matelot malade. Ça arrive. Mineur, vous dites ? Pas d'après la fiche qu'il a remplie ni les papiers qu'il a montrés. Tout a l'air en règle. Je suis désolée, madame, on m'appelle. Je vous raccompagne.

Maintenant, je sais mon fils en mer. Je me suis levée, j'ai dû m'appuyer quelques secondes contre le bureau. Devant moi, la page du registre, avec toutes ses lignes, ses tampons, ses signatures, ses numéros, et la tasse de café refroidi que je n'avais pas touchée. *Vous vous sentez bien, madame ? Ça ira ?* J'ai dit oui d'un mouvement des paupières et je suis sortie. Où aller maintenant ? Je n'ai retenu qu'une chose. Un retour prévu en décembre, avant Noël.

Louis, en mer.

Dehors, les quais, les grues, les élévateurs, les câbles, les filins, les caisses, les rouleaux, les sacs, les conteneurs en métal gris ou rouge sale. J'ai marché au milieu, sans esquiver les taches, les flaques d'eau grasse irisée par les traces de gazole. Les cargos, hauts comme des montagnes d'acier. Louis était parti sur un bâtiment comme ceux-là. Embarqué. Il serait revenu pour Noël. Les noms inconnus résonnaient en moi, comme les paroles d'une incompréhensible chanson. La Réunion, Durban, Buenos Aires, Valparaiso. En rentrant, je regarderais dans un atlas. L'officier avait dit qu'en ce moment, le *Terra Nova* devait avoir franchi le détroit de Gibraltar et se dirigeait vers le canal de Suez. Rien de particulier ne leur avait été signalé au sujet de ce cargo. Pour Noël.

J'ai eu envie de rire, de pleurer. La joie. La joie folle. La folle allure du galop des pensées. Louis serait devenu un homme à son retour, je le trouverais grandi, plus fort, plus musclé, avec la peau brunie et le regard qui porte au loin, avec mille histoires de mer à me dire. Je me suis sentie fière de lui, tout compte fait, déjà je lui avais pardonné toute l'inquiétude, toute cette angoisse qui ne me quittait pas depuis sa disparition.

Depuis, chaque jour, je l'attends.

Chaque matin, je réveille Gabriel et Jeanne, les habille, les prépare, les nourris, les conduis à l'école, le long bâtiment gris sale aux murs tachés de suie et d'humidité, près du port de pêche. Aux heures de récréation, on entend les enfants courir, crier, jouer, et je me demande comment une telle gaieté peut jaillir de ces murs tristes.

J'en garde des souvenirs blessants, mais je n'aime pas trop en parler. C'est un soulagement pour moi de voir que les petits semblent heureux de s'y retrouver, qu'ils apprennent facilement, sans cette angoisse qui me saisissait au ventre dès le matin au moment de partir, avec cette hantise de ne pas savoir répondre, de ne pas comprendre, avec la peur des heures de retenue, le soir, dans la salle de classe sans feu, ces heures perdues qu'on me reprochait à la maison, comme si je cherchais là un moyen d'éviter le travail domestique. Je partais tôt, le matin, pour terminer d'apprendre mes leçons en marchant, avant d'arriver, ou pour finir le livre que je devais rendre, à la bibliothèque, sous peine d'une amende que je n'aurais pas pu payer.

Ma peur s'était transformée en mutisme, en hostilité, en rage. Une colère rentrée, de celles qui consument de l'intérieur et incendient le regard. On me trouvait sauvage, rebelle, alors qu'un mot, un geste aurait suffi à faire céder toute cette tension qui me dévorait. J'étais lasse des moqueries des autres élèves, pour mes affaires oubliées, perdues ou cassées, pour ma blouse tachée ou déchirée, lasse des punitions. J'aimais apprendre, j'aimais lire surtout, j'aurais voulu des journées entières passées à vivre d'autres vies que la mienne, mais je haïssais l'école, tout autant que je désirais fuir un foyer où seules des brutalités m'attendaient. Oui, fuir, mais où ?

Yvon s'était mis à tourner autour de moi dès qu'il avait aperçu mes cheveux noirs et mon allure de chat pelé. Je n'avais pourtant pas grand-chose pour plaire. Depuis longtemps il gagnait sa vie en mer. Il avait les épaules larges, un beau sourire, et jamais il n'avait cherché à me serrer trop fort quand nous étions seuls. Je n'en demandais guère plus. J'aimais ses silences et sa façon de regarder l'horizon. Et puis le désir nous avait pris, un soir d'été, sur la lande ; nous nous étions fiancés comme ça, sur un lit de bruyère, et nous étions rentrés ensemble sans même nous cacher.

Le lendemain, il m'avait demandée en mariage et la noce avait vite suivi. Je ne pouvais croire à mon bonheur, j'avais eu une robe neuve et un petit voile en dentelle, les cloches avaient résonné en notre honneur, rien que pour nous. On avait bu du cidre et du vin blanc, puis j'avais apporté mes deux robes dans la petite maison du bord du chemin qu'Yvon tenait de ses parents. Louis était arrivé vite et Yvon avait dit, à sa naissance, qu'il lui tardait déjà de l'emmener en mer avec lui. Louis avait le même sourire que son père.

À la grille de l'école, j'embrasse les petits, je remets en place une barrette, je reboutonne un gilet, rattache des lacets, et je les laisse s'élancer dans la cour. Je m'éloigne et j'entre dans l'autre versant de ma vie, celle de mère torturée par l'absence, par l'attente, par le silence, par l'inquiétude, par le remords. J'oublie tout. Je ne sais plus que j'habite la grande, la belle maison de la rue des Écuyers, l'une des plus enviées du village, avec ses fenêtres à petits carreaux, avec sa porte-fenêtre qui s'ouvre sur un élégant balcon arrondi, en fer forgé, avec son toit d'ardoises brillantes, sa porte cochère peinte en vert sombre et ses poignées en cuivre poli.

À ce moment-là, il faudrait me tuer si on voulait m'arrêter. Oui, j'oublie que j'habite là, que j'y marche sur des tapis qui assourdissent mes pas, que j'y vis dans une abondance de biens qui m'indiffèrent, avec des piles d'assiettes de toutes les tailles, à filet doré, bien rangées dans le buffet, que je m'y repose dans la lumière douce des lampes en porcelaine. Je ne sais plus rien de tout ça. J'ai ma robe noire sur moi, celle du deuil d'Yvon, mon châle pour me protéger du vent et mes grosses chaussures lacées. Pour attendre mon fils, je n'ai besoin de rien d'autre. Je ne suis plus que cela, une mère abandonnée.

Chaque matin, je pars sur le sentier douanier, je longe la falaise. Je guette. À force de fixer l'horizon, les yeux me brûlent, à tenter de déceler le passage du bateau qui va ramener Louis. À perte de vue, je scrute le mouvement sans fin des vagues pour y déceler l'apparition du bateau qui me rendra à la vie. Des gouttes perlent sur mon visage, et je ne sais si elles sont faites de larmes ou d'embruns. Je tousse. Parfois, le soir, une mauvaise fatigue me tombe sur les épaules, mes yeux brillent trop, une vilaine rougeur enflamme mes pommettes, puis ça passe. Étienne s'inquiète, me rapporte des médicaments de l'officine, des pastilles brunes rangées dans une jolie boîte ronde en métal rouge, du sirop au goût de caramel brûlé. Il insiste pour que je consulte le docteur Grange, celui qui vient quand les enfants sont malades, celui qui soigne tout le monde, ici, depuis toujours semble-t-il. Il me propose de l'appeler, de m'accompagner, je dis oui, comme ça, oui, demain, et je m'abîme dans un sommeil traversé de bateaux.

Monsieur Louis Le Floch
aux bons soins de la Compagnie Générale Maritime,
de la part de Madame Anne Quémeneur

Lorsque tu reviendras, mon fils, mon fils parti voyager sur la peau du monde, mon fils coureur de mer, ce sera une fête. De loin, je te reconnaîtrai, entre tous. Tu auras grandi, tu seras maigre et hâlé par tout ce temps passé en mer, le regard au-delà de l'horizon et la démarche qui dénonce le marin juste débarqué.

Tu seras beau, tellement beau, et je me jetterai dans tes bras, je bousculerai tout le monde et tu me soulèveras comme un jouet, tu m'écraseras contre toi, et nous pleurerons et nous rirons.

De retour à la maison, nous te recevrons comme un prince. Comme mon enfant perdu et retrouvé. Nous nous assiérons autour de la table, et nous partagerons le meilleur repas que je puisse t'offrir. Puis nous parlerons.

Tu nous raconteras et nous t'écouterons, et jamais je ne serai rassasiée de te voir, là, enfin parmi nous, de te regarder, de poser ma main sur ton bras et de sentir la chaleur de ta peau, celle de la vie présente.

Ce repas du retour, je l'ai mille fois imaginé, c'est à ça que je rêve, sur le chemin, c'est la seule pensée qui porte mes pas. Laisse-moi te raconter.

Tout d'abord, nous trinquerons. Tous, ensemble, avec ceux que nous aurons conviés à se réjouir avec nous, car il faudra la partager, cette joie, qu'elle danse en chacun de nous, et que nous soyons les plus nombreux possible à la recevoir.

Nous boirons, nous entrechoquerons nos verres pour nous assurer que ce que nous vivons est bien réel, il y aura ce tintement clair, le bras tendu, les yeux dans les yeux. Et l'alcool piquera la gorge, fera briller nos pupilles, rosir nos joues, nos lèvres.

Nous serons heureux, déjà ivres du bonheur d'être là, réunis.

Puis nous passerons à table. Ce sera dans le jardin, près des troènes, près des roses trémières, si la saison et le temps le permettent, il est tellement changeant, ici, tu le sais. On aura ajouté des tréteaux, des bancs, que chacun puisse prendre place à son aise, et j'offrirai ce que j'aurai cuisiné pour ce jour de fête. Pour commencer, pour accompagner ce moment, je te préparerai des galettes de blé noir. Celles que tu réclamais, enfant, celles de notre quotidien. Dès que tu as su empoigner la cuillère en bois et que ta tête a dépassé la hauteur de la table de cuisine, tu voulais m'aider.

Dans la jatte en faïence bleue – tu te souviens ? –, celle qui est un peu ébréchée, je jetais la farine de sarrasin en y creusant un puits. Au milieu, j'ajoutais le sel et je te laissais casser les œufs, ton plus grand plaisir. Choquer la coquille beige et lisse contre la jatte, au début tu n'osais pas, il te fallait t'y reprendre à plusieurs fois, ou tu y allais trop fort, et parfois tu l'écrasais dans ta main, surpris et un peu dégoûté de ce mélange jaune et gluant entre tes doigts. Ou tu laissais des morceaux de coquille s'échapper dans la préparation, et il fallait aller les repêcher en les faisant remonter doucement sur les côtés de la jatte.

Je versais le lait, peu à peu, et il n'était pas question de t'aider à tourner ; tu t'appliquais à faire une pâte bien lisse, que je n'aurais pas besoin de reprendre. Nous terminions par un peu de beurre fondu, et par une cuillerée de cidre.

Après, tu faisais de la magie, comme tu disais, en dépliant un torchon propre en toile de lin sur la jatte. Il fallait absolument respecter une heure de repos pour la pâte, sans quoi tu te mettais en colère, craignant que ma hâte, parfois, vienne tout gâcher. Et un doigt sur les lèvres, tu quittais la cuisine en disant chut, comme si ce repos était aussi synonyme de sommeil à protéger.

Ensuite, avec la poêle fumante graissée, tu me laissais faire, à regret. Je craignais tellement que tu te brûles ! La louche de pâte comme un ruban crémeux, la juste mesure qui s'étale, sans épaisseur, sans laisser de trous, et qui devient solide. Fasciné, tu me regardais décoller rapidement la galette en secouant la poêle, et d'un geste vif, la retourner dans les airs pour la recevoir au milieu du cercle de métal brûlant. Tu me suppliais de te laisser faire, mais c'était bien trop lourd pour toi. À la Chandeleur, c'est toi qui avais en main la pièce de monnaie destinée à nous apporter richesse et prospérité pour l'année à venir. Bien sûr, ce n'est qu'une croyance, mais qui sait ? Si nous n'avions pas sacrifié à ce rite, peut-être les choses auraient-elles été plus difficiles encore.

Pour ton père, quand il rentrait, et pour toi, j'ajoutais un œuf, ou une saucisse, ou une tranche de lard. Du moins jusqu'à la guerre, ensuite il a fallu se contenter de peu. Puis tu en prenais une ou deux autres, avec du beurre, du sucre, de la gelée de mûre ou de pomme, les années où les autres fruits avaient été rares. Tu aimais leurs couleurs translucides, violine et ambre, leur texture un peu tremblotante, lisse et brillante. Je te savais comblé.

Lorsque je suis allée vivre chez Étienne après notre mariage, j'ai découvert que ce qui constituait notre ordinaire était considéré chez eux comme une nourriture de pauvres. Et c'est vrai, c'est ce que nous étions. Étienne a grandi avec d'autres habitudes, et il ne comprend pas cette petite joie qui est la mienne de préparer ce plat modeste, que je tente de varier autant que je peux, et qui réjouit toujours ton frère et ta sœur.

Mais pour ton retour, sois tranquille, avant de commencer vraiment ce repas, je te préparerai des galettes. Autant que tu voudras. Pour rien au monde je ne te priverais de ces disques d'or brûlants. Tu te souviens ? Nous disions que nous dévorions le soleil !

Ta mère qui t'attend

Étienne. Je ne sais plus. C'est une déchirure en moi, qui s'élargit, s'agrandit ; une lézarde qui se déplace au gré des jours, des heures, des nuits ; une frontière qui s'installe, en dessinant une géographie instable, mouvante, agitée. Imprévisible. Étienne, qui m'a sauvée et détruite. Ses mains brûlantes dans la nuit, au creux de notre lit, dans le froissement des draps, ses lèvres qui savent tout de moi, et aussi ce regard glacé qui me fend en deux, ce mur étanche, dès qu'il s'agit de Louis.

Présent, il gênait. Absent, son ombre dérange encore. Étienne n'a pas su tenir la promesse qu'il m'avait faite, celle d'avant notre mariage. Une promesse sincère, trop grande, et puis les paroles se sont effritées. Du sable entre les doigts. Rien de plus. J'y ai cru, parce que c'étaient les mots que j'attendais, ceux que je voulais entendre, parce que c'étaient les seuls qui pouvaient me rassurer, me consoler, m'apaiser, parce qu'ils étaient les seuls à éclairer ma nuit, ma peine, ma solitude. Et elles étaient immenses.

Je revois cette matinée, un dimanche de juin, en me demandant parfois si je l'ai réellement vécue. Pourtant je ne les ai pas rêvés, ce trouble qui m'avait saisie, cette stupeur, cette incrédulité, et ce cortège d'espoirs désordonnés qui s'étaient levés, les uns à la suite des autres, qui m'avaient emportée comme une vague.

Devant tous, il m'avait abordée. La guerre venait juste de prendre fin, la capitulation venait d'être signée, on pouvait se réjouir à nouveau, respirer, retrouver un peu de légèreté, envisager des choses heureuses. À la radio, on écoutait les Andrews Sisters chanter *Rum and Coca-Cola*, cheveux crêpés et calot sur l'oreille, Glenn Miller diriger *In the Mood*, plein d'une énergie contagieuse, et le monde semblait tourner à nouveau autour du soleil.

C'était à la sortie de la messe, sur le parvis de l'église, au moment où l'on se salue, s'épie, s'évite. Chapeau et gants à la main, il était là, impeccable dans son costume gris, lui, le célibataire le plus en vue du village, celui qui ne se décidait toujours pas à choisir ici une jeune fille en âge de se marier, malgré les tentatives d'approche des familles, qui poussent leur progéniture comme on cherche à placer une pouliche. Et cela faisait parler, bien sûr.

J'en ai même entendu certains se demander à mi-voix, avec des airs entendus, des sourires en biais, faussement embarrassés, s'il ne nourrissait pas d'autres préférences, des goûts honteux, inavouables, contractés comme une vilaine maladie à Paris, la Babylone où il avait étudié et travaillé, car il ne pouvait pas y avoir, bien sûr, d'autre explication à son indifférence envers les jeunes héritières dociles et bien élevées qu'on lui présentait. Et surtout, on ne lui pardonnait pas de priver le village du beau mariage attendu par tous, avec grandes orgues, dentelles, dragées et pétales de roses, dont on se souviendrait longtemps.

Il m'a abordée, presque deux ans après la disparition d'Yvon. Ça avait été bref, ce moment, mais tout le monde l'avait vu, et je savais déjà quel serait le sujet de conversation, à table, ce midi-là, dans tous les foyers. Un peu raide, il m'a saluée et m'a demandé, assez fort pour que ce ne soit pas une confidence, quelque chose de déplacé, d'inconvenant, la permission de venir me faire une visite, après le déjeuner, dans l'après-midi.

J'entends encore sa voix calme et ferme, je revois son regard direct, son élégant chapeau gris bordé d'un ruban de gros grain plus foncé, un modèle de la ville, trop élégant pour ici, pour moi, pour eux tous, et j'avais remarqué ses longs doigts fins accrochés au tissu.

Il m'a vouvoyée, comme si nous ne nous connaissions pas depuis l'enfance, depuis les premières années de l'école, comme si nous n'avions jamais rien vécu ensemble, jamais rien, avant que nos vies ne nous amènent à nous ignorer mutuellement.

Je suis restée pétrifiée devant sa silhouette, devant ce regard que j'aurais reconnu entre tous, dans son visage qui semblait s'être durci autour des yeux en les laissant seuls intacts, comme à l'abri du temps qui court et nous abîme tous. Malgré moi, mes yeux se sont attardés sur le costume croisé, la cravate en soie bordeaux, la chemise blanche à boutons de manchettes, les chaussures noires cirées, brillantes, et j'ai essayé de déchiffrer tout ça. C'est un autre monde que le mien qui se dressait devant moi, qui me regardait. J'ai répondu *oui, bien sûr*. Je ne suis même pas sûre d'avoir ajouté *avec plaisir*, ou quelque chose de ce genre, quelque chose d'urbain, de civilisé, d'apprivoisé. Du regard, j'ai cherché Louis pour me rassurer, pour vérifier sa présence, là, tout près, malgré ces mots que je venais d'entendre et ce regard déterminé posé sur moi, dont je ne savais que faire et qui, je le devinais confusément, allait modifier le cours de ma vie.

Il m'a remerciée, il a remis son chapeau et il est reparti, en faisant semblant d'ignorer les regards, les murmures. Les ricanements. Les yeux avides, curieux d'une possible distraction, de la survenance d'un événement qui ferait oublier, quelques instants, la dureté de leurs vies, les troubles et les privations de la guerre à peine finie, les ennuis du jour.

En hâte, j'ai traversé la place de l'église sans regarder autour de moi, j'ai grondé Louis qui salissait ses vêtements, à courir avec les autres gamins dans son costume du dimanche, qu'il me faudrait brosser et recoudre pour qu'il dure encore, je lui ai pris la main et l'ai entraîné à toute allure, pour moi aussi fuir les regards.

Une visite. J'ai pressé le pas pour rentrer. Personne ne me rend visite. Ce sont des habitudes de riches, chez nous on se croise, on se salue, parfois on parle un peu, là où on se trouve, et chacun rentre chez soi ou poursuit ses affaires. Sous mes semelles minces, je sentais les cailloux du sentier qui me blessaient, et je ne cherchais même pas à les éviter. Je suis arrivée hors d'haleine, tant à cause de la marche que de mon affolement. Une assiette pour Louis, le temps de réchauffer un reste de la veille, et je l'ai regardé manger, terminer trop vite son repas, incapable quant à moi d'avaler quoi que ce soit. J'ai regardé autour de moi. La pièce unique, balayée, lavée, rangée. Je me suis levée pour balayer, laver, ranger encore. Je ne pouvais faire davantage.

Je me suis assise, relevée, assise de nouveau. Malgré la chaleur de juin, de ce début d'été, j'avais froid. Puis j'avais chaud. J'ai lavé mes mains, rafraîchi mon visage, défait mes cheveux, je les ai brossés, j'ai refait mon chignon. Quelques mèches s'en échappaient, toujours, je ne savais plus comment les faire tenir. J'ai vérifié ma robe. Pas de taches, ni d'accroc, pas de boutons manquants. Là non plus, je ne pouvais pas faire mieux. Louis m'a demandé la permission d'aller retrouver ses copains, j'ai dit oui sans réfléchir, et l'instant d'après, j'aurais voulu qu'il soit près de moi, en rempart, en défense, pour me protéger de ce qui me submergeait et auquel je ne savais pas donner de nom. Pourquoi cette visite ? Que me veut-il ?

Étienne Quéméneur a frappé à la porte. Il était là, comme il l'avait dit. Il m'a semblé plus grand que tout à l'heure, sur le parvis, au milieu de tout le monde. Je me suis effacée pour le laisser entrer et j'ai tendu les mains pour prendre son chapeau, le débarrasser. Un geste de domestique, je m'en suis voulu mais je ne savais que faire d'autre. J'ai vu le paquet carré, en carton rose pâle, aux lettres en anglaises bordeaux, qu'il tenait par la ficelle qui l'entourait. *Aux Délices, 27 Grande rue.* J'ai posé le chapeau et le carton sur la table, je ne savais quoi dire. Je n'osais pas refermer la porte derrière lui. Dans les maisons voisines, je devinais les yeux dirigés vers nous, des yeux qui diraient ce qu'ils n'auront pas vu, des bouches qui répéteraient ce que les oreilles n'auront pas entendu. Et je ne voulais pas me trouver seule avec lui, pas encore. J'ai gardé la porte grande ouverte, laissé entrer le soleil qui s'infiltrait par les fenêtres étroites, puis je suis restée debout et l'ai regardé.

C'est pour vous. Pour Louis et pour vous. Il a désigné le carton carré. Toujours, il me vouvoyait. J'ai dit *merci* et ne savais pas s'il fallait ouvrir le paquet, je ne savais pas comment on se comporte dans pareille circonstance. Je ne sais pas leurs manières. Alors je me suis décidée à l'ouvrir, quand même, pour me donner une contenance, pour trouver quelque chose à dire, rompre ce silence compact, embarrassé, qui s'était posé là, entre nous, et qui m'empêchait de respirer. J'ai coupé la ficelle avec un couteau de cuisine à manche de bois, soulevé le couvercle de carton rose et découvert un biscuit léger, saupoudré de sucre glace, traversé d'une mince couche de crème couleur de beurre frais. Je l'ai posé sur une assiette que j'ai prise dans le buffet, et apporté sur la table deux autres assiettes, deux fourchettes, deux verres.

J'ai prié Étienne de s'asseoir, et j'avais honte de poser le gâteau sur cette grosse assiette de faïence crème, ébréchée par endroits, avec sa rosace décolorée en son centre, honte aussi de mes fourchettes tordues en étain. J'ai coupé deux parts, le couteau s'est enfoncé dans une matière légère, moelleuse, le sucre glace s'est répandu dans l'assiette. Il me regardait faire, comme si entre nous, à cet instant, par cet après-midi de juin, rien n'était plus important que d'entamer cette pâtisserie trop luxueuse, inimaginable après les années de privations. Il m'a demandé un morceau plus petit. *J'ai déjeuné, c'est pour vous et pour Louis.* Encore, il me vouvoyait.

Je fixais ce gâteau qui coûtait presque ce que je dépensais en un mois, je n'en ai même pas idée, puis je me suis décidée à porter la fourchette à ma bouche, et je me suis émerveillée de cette sensation de douceur, de sucre, de crème, comme si je ne l'avais jamais éprouvée de ma vie, ce qui était la vérité. Il n'a pas touché sa part mais m'a remerciée avec empressement pour le verre d'eau fraîche que je lui avais versé et qu'il a saisi d'un geste du poignet, détaché, élégant, pour le porter à ses lèvres. Il a repris son chapeau qu'il a fait tourner entre ses doigts, comme pour en chasser d'invisibles poussières. Son regard évitait d'examiner le décor, sa simplicité qui trahissait trop de manque. Toute ma vie.

Anne. J'ai levé les yeux, l'ai fixé à son tour. J'ai attendu. *Anne. Je suis venu vous demander de m'épouser*. Je me souviens de l'avoir regardé comme si je ne comprenais pas ses mots. *J'ai respecté votre deuil, depuis deux ans, maintenant. Je suis venu vous demander de devenir ma femme.* Il s'est arrêté parce que s'il avait continué, il aurait dit des choses qui nous auraient embarrassés tous les deux, et il était trop tôt pour ça. Puis il m'a avoué son désarroi quand il avait appris mon mariage avec Yvon, un jour, en rentrant de Rennes où il étudiait. *Je ne m'attendais pas à vous voir vous marier si tôt.* Mais il ne pouvait pas savoir tout ce que j'étais pressée de fuir.

Et puis il a parlé. Jamais je n'aurais cru que l'on pouvait parler autant, comme si c'était la première fois et que tout devait sortir, depuis si longtemps. Il m'a dit pourquoi il ne s'était toujours pas marié. Il m'a dit qu'il avait pris part à ma peine quand je suis devenue veuve, et aussi qu'il avait compté les jours, en attendant un délai convenable pour venir me trouver. Et aussi combien il s'était inquiété de moi chaque jour, sans pouvoir rien faire, et sa peur de me voir me remarier avant qu'il ne se déclare, et les regards, les convenances, qui pèsent si lourd ici. Il a dit que la guerre était finie, que la vie devait reprendre ses droits et qu'il voudrait chasser mes chagrins, et aussi qu'il avait envie de moi depuis trop longtemps. Ces mots-là, il les a dits dans un souffle, comme une douleur.

Il m'a rappelé ce jour où nous nous étions perdus tous les deux, sur la lande, en cherchant un abri un soir d'orage, en été, un jour qui ressemblait à celui-ci. Nous avions douze ans, peut-être. Entre les rochers, nous avions fini par trouver un creux, avec un tronc d'arbre couché en surplomb, qui nous protégeait. Nous avions dû nous coller l'un à l'autre pour tenir debout dans l'anfractuosité de la roche.

Il se souvenait encore de l'odeur d'herbe de ma peau, m'a-t-il dit, de mes cheveux qui couraient alors jusqu'au milieu de mon dos, des légères rougeurs sur mon cou, des grains de beauté parsemés comme des étoiles noires sur mes épaules, sur mes bras. C'est moi qui l'avais emmené là, moi qui connaissais la lande, les pierres, les rochers, le mouvement des marées et toute cette vie intense et invisible. Moi, la sauvageonne, l'inapprivoisée, et lui, le fils du pharmacien ; il m'avait suivie, craintif. Il s'était écorché la main contre la roche et il avait regardé ses doigts meurtris, comme s'ils allaient se séparer du reste de son corps. J'avais éclaté de rire, attrapé sa main et léché l'écorchure d'un coup de langue rapide, puis j'avais haussé les épaules en le traitant de poule mouillée. Il m'a confié qu'il avait frissonné à ce contact chaud, humide, et m'avait regardée avec incrédulité. En un instant, un monde s'était ouvert devant lui, un univers inconnu, âpre, étrange. J'avais tracé en lui sans le vouloir un passage à gué par lequel je l'invitais à me rejoindre, avec une espèce d'indifférence, une mer Rouge qui s'ouvrirait subitement devant ses pas. Il avait gardé avec lui mon odeur d'eau salée, de transpiration légère, acide, et l'expression moqueuse de mon regard.

À mes côtés, sans que je le veuille le moins du monde, il devinait l'existence d'un monde autre que le sien, un monde de mer, de vent, de lande, de légendes effrayantes que l'on se transmet avec des frissons. Un monde de peine et de travail. Ce jour-là, il m'avait tendu son mouchoir, un mouchoir immaculé, encore dans les plis du repassage, avec ses initiales brodées en bleu, pour que j'essuie les gouttes de pluie qui ruisselaient sur mon visage. Je ne savais pas, quant à moi, qu'on pouvait posséder du linge brodé à son nom. Je m'étais frottée énergiquement avec et le lui avais rendu, une boule toute froissée. Longtemps, m'a-t-il dit, il y avait cherché le souvenir du parfum de ma peau.

Nous étions rentrés à la nuit tombée, serrés l'un contre l'autre, exténués, transis. Chez moi, j'avais été battue, pour le retard, pour la désobéissance. Pour une fois, il y avait une raison. Sa mère à lui, avais-je appris, avait appelé le médecin de famille pour s'assurer qu'il n'avait pas pris mal sous la pluie glacée et l'avait obligé à garder la chambre le lendemain. Entre les inhalations d'eucalyptus, les bouillons brûlants, il avait cherché refuge dans ses livres, en s'immergeant dans des mondes lointains, inconnus et consolants.

À la rentrée suivante, il avait été envoyé en pension à Rennes, chez les jésuites, pour y accomplir ses années de lycée, une histoire de tradition familiale, ai-je compris. Il n'en avait pas gardé un bon souvenir, c'est bien le moins qu'il pouvait en dire. Ce jour-là, il a aussi évoqué ces années-là. Depuis, jamais nous n'en avons reparlé. Ce n'était plus nécessaire.

À Saint-Thomas, il y avait eu les heures de thème latin, *Les Métamorphoses* à apprendre par cœur et les *Catilinaires* à déclamer, les punitions, à genoux sur une règle à section carrée pendant des heures pour une leçon mal récitée, les messes dans l'aube froide et grise, la confession hebdomadaire où il ne savait que dire et s'inventait d'invraisemblables péchés à avouer avant d'écarter le rideau poussiéreux du confessionnal. Il y avait le dortoir inhospitalier, avec les draps pleins d'humidité, la couverture trop mince, les ronflements et les halètements obscènes des plus âgés, sous le regard d'un Christ immense, visage de supplicié accroché à son bois, la blessure au flanc, une entaille à la hache recouverte de peinture rouge et la couronne d'épines incrustée dans le front.

Il avait connu la toilette sommaire devant des lavabos de faïence blanche grands comme des abreuvoirs, son corps maigrichon grelottant dans ses sous-vêtements de coton blanc, avec l'étiquette à son nom, les lettres rouges tissées sur un ruban blanc cousu à grands points, qui gratte le dos. Il se souvenait de l'enfant terrorisé qu'il avait été, à devoir faire le coup de poing pour se défendre, avec maladresse. Les plus grands l'avaient pris en grippe, m'a-t-il avoué, guettant ses moments de solitude pour le tourmenter, lui l'enfant de riches, l'élève sérieux à lunettes, trop calme, celui qui recevait un colis chaque semaine, des confitures ou des biscuits qu'il abandonnait vite aux mains brutales et avides de ses condisciples. Il se souvenait aussi de longs dimanches passés dans les salles vides de l'internat et de soirs sans qu'aucune consolation ne vienne adoucir des journées interminables, où l'étude succédait à la prière et aux peurs.

Après, ce furent les études. La liberté, enfin. Rennes, et puis Paris. La chambre mansardée au sixième étage, ouvrant sur une mer de toits gris, les heures passées au chaud dans les cafés et l'odeur du métro. Et sa mère qui lui dit un matin, au petit déjeuner, alors qu'il est revenu pour quelques jours, tandis que carillonnent les cloches de l'église, *tiens, c'est la petite Guivarch qui se marie avec le fils Le Floch. Tu te souviens d'elle ? Elle n'était pas dans ta classe ?* Il n'avait pas répondu. Le soir même il était reparti.

J'ai fixé nos assiettes fendillées, les traces de sucre glace au fond, et ne savais pas quoi dire. Il n'y avait rien à répondre. Je me suis retenue de les essuyer avec un doigt et de le porter à ma bouche. Le silence pesait sur nous. Un seul mot a fini par sortir de ma gorge, malgré moi. *Et Louis ?* Il y avait pensé. *Il sera comme mon fils, et j'espère que nous lui donnerons des frères et sœurs. Anne...* Il a tendu sa main, par-dessus la table, pour la poser sur la mienne, entre les verres et les assiettes et les fourchettes et la carafe. Puis il a arrêté son geste. *Réfléchis. S'il te plaît.* J'ai sursauté. Ce tutoiement, qui en un instant abolissait les années. Il s'est levé. *Je viendrai dimanche prochain chercher ta réponse, si tu permets.*

Déjà il était sur le sentier. J'ai refermé la porte et me suis assise. Il avait oublié son chapeau. Il était loin, déjà, je n'allais pas crier ni courir pour le lui rendre, ça ne se fait pas dans son monde à lui. Je l'ai saisi machinalement et l'ai porté à mes narines. Eau de toilette, ou lotion après-rasage, légèrement boisée. Un autre monde me tendait les bras. J'ai frissonné. Débarrassé les assiettes sales et replacé le gâteau à peine entamé dans le carton, heureuse de pouvoir en faire la surprise à Louis. J'ai pris le chapeau, l'ai senti encore une fois et rangé dans l'armoire.

Cette nuit-là, je me suis réveillée. Je me suis levée, le froid du sol sous mes pieds, j'ai bu un verre d'eau à l'évier, et doucement, le plus doucement possible, pour empêcher qu'elle ne grince et ne réveille Louis, j'ai ouvert la porte de l'armoire et j'ai attrapé le chapeau. Sous le parfum boisé j'ai cherché une autre odeur. En fermant les yeux, en voyageant loin dans ma mémoire, dans des terres oubliées, je me suis dit que oui. Oui, je voulais vivre dans cette odeur d'homme. Il faudrait que je parle à Louis.

Louis Le Floch
aux bons soins de la Compagnie Générale
Maritime

Lorsque tu reviendras, ce sera un festin. N'est-ce pas, mon tout petit ? Oui, je sais, tu vas sourire, alors que tu me dépasses de deux têtes, mais j'aime t'appeler ainsi, mon tout petit, car il en sera toujours ainsi pour moi. J'attends en vain, et depuis si longtemps, le signe de ta part qui rompra l'attente. Une lettre, mais pas un télégramme, ni un coup de téléphone, non, ça non, je n'en veux pas, ça n'annonce que du mauvais, du malheur. Le facteur qui arrive avec un papier bleu plié, qu'il faut décacheter pour lire les quelques mots collés sur la feuille, ils sont terribles, le plus souvent, ou la sonnerie du téléphone qui réveille à l'aube pour faire entrer le chagrin dans la maison. Non.
Je voudrais une lettre, une longue lettre, avec une photo de toi qui s'échapperait quand je l'ouvrirais, une photo sur papier brillant, avec son bord crème dentelé, et je la regarderais pendant des

heures, des jours, à voir combien tu as changé, et combien tu es le même. Dans ton visage d'homme, je chercherais mon fils. Tu serais photographié sur un quai, devant ton bateau, avec des camarades, et tu aurais inscrit leurs noms au dos de la photo, à côté de la date et du nom du port, pour que je les connaisse un peu, moi aussi. Tu serais souriant, détendu et ton sourire s'adresserait à moi, rien qu'à moi.

Le festin de ton retour, nous le poursuivrons avec ce qui vient de la mer. Qu'elle nous redonne enfin quelque chose, après t'avoir retenu si longtemps, après avoir gardé ton père au milieu des flots. Il y aura tout ce que nous allions pêcher, ensemble, pieds nus dans l'eau glacée, les minuscules crevettes grises, transparentes, que tu ramassais avec ton haveneau, et que tu déversais dans le panier d'osier fermé que tu portais en bandoulière. Je les jetais dans l'eau bouillante quelques instants, le temps qu'elles rosissent, puis les mettais à refroidir sur une assiette, en attendant que tu puisses les croquer avec du pain beurré.

Il y aura aussi des coques, des palourdes, des pignons, tout ce travail de grattage à genoux, de récolte sur les rochers, entre deux eaux, entre deux marées. Tu me regardais les nettoyer longuement, enlever tout le sable qui crisse sous les dents, puis les jeter dans un faitout, à feu vif, tu les observais, à s'ouvrir peu à peu, comme à regret, en laissant apparaître leurs chairs contournées, un peu élastiques, au goût d'iode. Je retirais les coquilles et tu ne comprenais pas comment un tel volume de coquilles ne donnait qu'une poignée de nourriture réelle.

Puis ce seront des huîtres, que je n'aime guère, mais recherchées sur tant de tables, alors il ne sera pas dit que tu en seras privé, présentées ouvertes, dans leurs replis translucides gris et verts, étalées en rosace sur une grande assiette. Et je cuisinerai des mets que nous ne mangions que bien rarement, car nous ne pouvions les acheter, et si ton père venait à en prendre, il valait mieux les vendre. Ce sera ce que je peux te donner de mieux, des langoustines, du homard. Des crabes, ronds et patauds, et des araignées de mer à la chair si délicate, qui demandent tellement de patience, avec leurs longues pattes piquantes et velues, leur carapace rugueuse, on les dirait toujours en colère !

Ce sont des délices captifs de pinces et de cara-paces, comme pour les protéger, mais je sais m'en arranger. C'est l'eau bouillante qui les trans-forme, en les colorant de rouge orangé, clair, corail pour les langoustines, d'un beau rouge flammé pour les homards. Et c'est à toi que je laisserai l'honneur de les ouvrir, d'inciser les coffres, de broyer les pinces avec de solides outils, car il en faut, de la force, pour les faire céder, même cuits et refroidis ils résistent jusqu'au bout à nos appétits et dissimulent leur chair ferme, d'un blanc intact, aussi férocement qu'ils le peuvent. Tu le feras avec le sourire, pour me montrer combien cela t'est facile, une simple pression du poignet, et j'admirerai la sûreté de ton geste, la force de ton bras, tes muscles qui se contractent *sous le tissu de la chemise. Et je serai rassurée de te voir aussi fort, comme si tu me donnais là la certitude que tu es invincible, que tu vas seul de par le monde sans courir de dangers, et que je ne dois plus m'inquiéter pour toi.*

Anne, ta mère

Je me souviens des mois heureux, ceux qui ont précédé mon mariage avec Étienne. Ces moments de tous les possibles, de tous les espoirs, où il semble que le futur peut encore s'inventer, se modeler, s'accorder aux rêves qui n'ont pas été détruits. Le bonheur que j'éprouvais auprès de lui me surprenait, m'étonnait. Je me découvrais une légèreté que je n'avais jamais connue, une envie de jouir de la vie, de prendre tout ce qu'elle avait à me donner, bras ouverts pour la récolte. J'éloignais de mes pensées le bateau d'Yvon, la pêche, les marées, les tempêtes, puis la guerre, encore si proche, avec la peur des rafles, des exécutions sommaires, des dénonciations, la peur du lendemain, la peur de l'instant présent. Le manque de tout. L'inquiétude, pour tout.

La vie difficile. Tellement. Et le drame. Son corps jamais rendu par la mer. Continuer. Trouver du travail. Le bus le matin pour se rendre à la grande ville, à la conserverie, tant qu'il y avait des cars et de l'essence pour s'y rendre. Les mains abîmées, le dos cassé, les jambes de plomb. Les odeurs. La rapidité, la précision qu'il fallait acquérir dans les gestes mécaniques, et ce n'était jamais assez rapide pour suivre la cadence. La faim, dans la matinée, malgré la nausée, l'envie d'uriner, brûlante, qu'il fallait contenir jusqu'à la pause, les blessures à soigner avant qu'elles ne s'infectent, et tenter de tout oublier jusqu'au lendemain.

Les bavardages que je tentais d'éviter, les propos tenus devant les miroirs des lavabos des ouvrières où nous nous recoiffions, une pièce glaciale au carrelage souillé, et ces familiarités que j'essayais de fuir. Les propos obscènes, graveleux, des femmes entre elles, de femmes aussi éprouvées que moi bien souvent, décidées à ne pas se laisser faire par le sort, à défier les dieux et les hommes qui les empêchent de vivre, de femmes en manque de sexe, de tendresse, d'argent, de femmes terrorisées qui voudraient que la guerre finisse, et pouvoir danser à nouveau. J'étais l'une d'elles.

Je fuyais plus que tout le regard des contremaîtres qui arpentaient les travées en nous regardant comme de la chair fraîche à disposition, et qui sous prétexte de contrôler le travail, malaxaient au passage une fesse, un sein, une hanche, ou pire, qui convoquaient la proie choisie dans leur bureau puant la sueur. La malheureuse ainsi désignée n'avait que le choix entre céder avec dégoût à une étreinte brutale et honteuse, ou retourner à sa misère. Elle baissait les yeux en regagnant son poste de travail, et nous faisions toutes de même. Qui serait la prochaine ? Et il y avait les soldats allemands, que certaines trouvaient jolis garçons, bien polis de surcroît. Jamais je ne me suis sentie aussi désemparée, ni aussi résolue à faire face. Le soir, je serrais Louis dans mes bras, j'écoutais ses histoires, le regardais faire ses devoirs sur la table du dîner débarrassée. Notre monde, c'était nous deux, et la photo d'Yvon sur le buffet.

Dès que j'ai dit oui à Étienne, il m'a fait des cadeaux que je n'osais pas porter, une étole en soie à franges, une broche, un rang de perles, des choses qui me semblaient sorties d'une malle aux trésors, la malle des Indes de mes lectures d'adolescente, et je les rangeais dans mon armoire. Notre noce a été sobre, malgré l'euphorie de la récente capitulation de l'ennemi. Une robe de ville gris clair pour moi, à la jupe évasée qui mettait ma taille en valeur, avec un col et des poignets blancs, un petit bouquet de fleurs, et on n'a pas dansé. Je me revois, penchée sur le registre de la mairie, stylo en main, intimidée en traçant pour la première fois ma nouvelle signature, avec application, soucieuse de ne pas raturer, et aussi de retenir le tremblement de ma main. Galettes et vin d'honneur pour tous à la salle municipale, et la vie reprend son cours. Puis je me suis installée dans la grande maison. Je ne sais l'appeler autrement.

C'est celle où vit Étienne depuis la mort de ses parents, un vaste appartement au-dessus de l'officine. Une grande chambre, avec un lit recouvert de satin vieux rose. J'avais trouvé triste cette couleur de fleur fanée, et ce tissu trop glissant, trop froid, j'en ai cousu un autre, plus gai, c'est la seule chose que j'ai changée ici. Louis a sa propre chambre, avec un bureau et une armoire rien que pour lui, et pas grand-chose à ranger sur les étagères. Il y a des salles de bains aux baignoires à pieds en griffes de lion et des étagères en marbre, une salle à manger avec un buffet qui déborde de cristaux, d'argenterie, un salon où on vient lire, parler, écouter la radio après dîner, avec un grand tapis rouge à motifs orientaux qui absorbe tous les bruits, et une cuisine avec un double évier, une glacière, un four, une resserre pour les provisions. Je suis comblée. Pourtant, depuis des années, je cherche mon lieu à moi dans cette maison, un coin, un fauteuil qui serait ma place, mon refuge, mon centre de gravité, et je ne le trouve pas.

Chaque semaine, une femme du village vient laver les sols, repasser le linge, briquer la cuisine, changer les draps en lin brodé. Ça sent la javel, les copeaux de savon, la vapeur d'eau, j'aime ces odeurs familières, rassurantes. Je ne sais pas quoi faire pendant ce temps-là, alors je vais et je viens d'une pièce à l'autre en prenant garde à ne pas ruiner le travail qui vient d'y être terminé.

De veuve Le Floch, je suis devenue Madame Quémeneur, je dois garder ça en tête. Au village, on trouve qu'*elle s'en sort plutôt bien, la veuve*. On dit ça dans mon dos, avec ce mélange d'envie et de rancœur envers ceux qui ont trouvé une meilleure place au soleil, croit-on, et qu'on échangerait bien contre la sienne. Je sens cette jalousie, cette acidité envers ceux qui ont échappé à leur condition, comme s'ils trahissaient leurs semblables et devaient payer un jour pour cette injustice.

Il y a eu la première nuit dans la grande maison. J'y ai souvent repensé. C'était la première fois que je dormais ailleurs que chez moi, depuis mon mariage avec Yvon. Étienne s'était montré attentionné, délicat. Tous les deux, nous nous sentions embarrassés, maladroits. J'avais découvert, avec un immense étonnement, dans le cabinet de toilette attenant à la chambre, une chemise de nuit et un peignoir soyeux, des flacons en verre soufflé pleins de lotions et de parfums. Tout ça pour moi. Puis j'avais rejoint Étienne dans le grand lit aux draps de lin rêche.

J'en garde une image précise, ineffaçable. À mes pieds, en corolle, la soie que je venais d'enfiler un instant plus tôt ; je me tenais, là, devant lui, toute nue, toute droite, ma toison sombre éclairée par le halo de lumière de la lampe de chevet, et nous nous étions dévorés, avec appétit, avec ardeur, avec évidence.

Au milieu de la nuit je me suis réveillée, le bras d'Étienne en travers du corps. Louis. Seul dans la chambre qui lui avait été attribuée, que pensait-il de tout cela ? Nous avions l'habitude de dormir dans la même pièce, son souffle accompagnait toutes mes nuits depuis sa naissance. Il n'était pas rare que je me réveille et me lève pour replacer la couverture tombée à terre. Étienne s'est retourné et sa main me cherchait déjà. J'avais froid. Doucement je me suis glissée contre lui et me suis laissé emporter, comme on tombe au fond d'un puits.

Au lendemain de cette première nuit avec Étienne, je suis revenue chez moi prendre quelques affaires. Pas grand-chose, il y avait tout ce qu'il fallait, là-bas, rue des Écuyers, et bien davantage. Les affaires de Louis, les miennes, puis j'ai refermé les volets en me disant qu'ils avaient besoin d'être repeints, et j'ai fermé la porte, glissé la grosse clé dans un de mes paniers, à côté de mon peigne et de ma brosse à cheveux. Enfin, j'ai fait le tour à l'extérieur, vérifié que tout était en ordre, remis en place les pierres sur la vieille voile déchirée qui protégeait le tas de bois, et je suis partie, Louis à mes côtés. Personne à part moi n'aurait plus à venir ici, mais ça restait ma maison. Étienne m'attendait en voiture un peu plus loin sur le sentier, j'avais préféré aller seule. En me voyant arriver, il était venu à ma rencontre prendre mes paniers et les avait placés dans le coffre. Ensemble, en silence, nous avons parcouru le trajet qui nous séparait de la grande maison.

Puis il y avait eu les cris, des cris d'enfant, joyeux, impérieux, quand Gabriel est arrivé, un an à peine après notre mariage. Et tous deux nous savions qu'au village, chacun allait compter les mois et multiplier les remarques grinçantes si l'enfant arrivait avant neuf mois. Le décompte de la respectabilité. Jeanne, elle, est arrivée deux ans plus tard, à peine, emplissant l'air de ses vagissements, envahissant l'espace de toute sa présence, saturant la vie de gaieté et de menus tracas. Dans ces temps-là, je me disais que, peut-être, les courants froids et les vents contraires pouvaient être domptés, apaisés, évités. Et une autre voix murmurait, très loin en moi, qu'un jour les courants et les vents domptés, apaisés, se réveilleraient et viendraient demander leur dû.

Je me suis fondue, dissoute, dans ces deux vies juste écloses. Le cercle de la vie qui s'agrandit, en ondes concentriques de plus en plus larges à partir de mon ventre, de cet irrépressible appel intérieur à donner la vie. Ce mystère de naître, il est si simple lorsqu'il est accompli.

Parfois, sans que je sache pourquoi, des images des années passées m'assaillent, me harcèlent, je les crois enterrées, mais ce sont de vilaines araignées noires que je ne sais pas chasser. La guerre. Ce jour de septembre 1943, les corps des frères Tallec, Alain et Lucien, dix-huit et vingt ans. Même chevelure noire et drue, même carrure qui les faisait paraître plus larges que hauts. Des garçons durs au travail, taiseux, sans histoires. On a trouvé leurs corps un matin, ils avaient été jetés devant l'église, criblés de balles, visages méconnaissables. On avait reconnu les silhouettes et les vêtements. Des affiches étaient apparues sur les murs le jour même. Exécutés par l'armée allemande pour faits de résistance. Trahison. Terrorisme. Les soldats ont obligé tout le village, jusqu'aux plus âgés, jusqu'à leur famille, à défiler devant les cadavres martyrisés. En fin de journée, ils ont embarqué les corps à l'arrière d'un camion bâché, malgré les supplications de leurs parents, de leur mère, à genoux, hurlant au ciel dans sa blouse à fleurs, bras écartés. Pour moi, la seule consolation était de

voir Louis trop jeune pour s'engager. D'un côté
ou de l'autre.

Il y avait les miliciens arrogants, les voyous
notoires du village, les bons à pas grand-chose,
prêts à tous les mauvais coups, pourvu qu'ils
soient sans risques et pleins de profits. On les
connaissait, ceux qui parcouraient les rues,
armés, brassard à la manche, enivrés du pouvoir
qu'ils venaient de se donner, jamais repus des
vengeances personnelles qu'ils pouvaient enfin
assouvir en toute impunité, terrorisant pour le
plaisir une population épuisée. À un moment, ils
avaient choisi leur camp. Les frères Tallec aussi.
Je me disais que je ne faisais que subir,
comme beaucoup. Attendre, espérer les jours
meilleurs, retrouver la liberté d'aller et venir
à toute heure, pouvoir nourrir les siens, respirer sans ressentir un étau dans la poitrine,
sans trembler en croisant les uniformes gris et
les bottes noires. Des années à charrier la peur
sur nos épaules. Et ça a été la mort d'Yvon. La
douleur, l'incompréhension, la colère. Cette sensation que l'univers entier était devenu hostile,
opaque, indéchiffrable. Je haïssais ma vie, la vie.

Et une autre image, qui prend la suite des
autres, qui me glace quand elle vient me visiter. Celle des femmes violentées. Celles qu'on a
tondues sur la place du village. Un simulacre de
justice pour un crime souvent imaginaire, une
infamie ajoutée au drame. Un exutoire pitoyable,
et cette insupportable jouissance collective à
humilier. Trois femmes avaient été sorties de
chez elles, dans les semaines qui avaient suivi

la Libération. Tout le monde les connaissait. Une commerçante, une prostituée, une ouvrière agricole, mais je ne dirai pas leur nom. C'est le passé, qu'elles vivent en paix maintenant. Elles avaient été arrêtées chez elles au matin, traînées de force jusqu'à la place de la mairie. En chemin, leurs vêtements, leurs chaussures leur avaient été arrachés, des hommes avaient barbouillé leurs visages de croix gammées tracées à l'encre noire et les avaient fait mettre à genoux au milieu de la foule, sous les insultes et les crachats. Un des hommes, béret sur l'oreille et manches de chemise retroussées, le geste large du justicier, avait attrapé la chevelure de la première et attaqué le cuir chevelu à la tondeuse à mouton.

À ce moment, les cris, les supplications des femmes avaient cessé, et c'est leur silence terrifié, résigné, qui m'avait glacée. Il ne leur servait à rien de se révolter, il leur fallait subir l'outrage pour rester vivantes, même humiliées, frappées, défigurées. Les visages qui se dessinaient sous les crânes hâtivement, maladroitement rasés, étaient hideux, avec cette surface blanchâtre, bosselée, disproportionnée, soudain mise à nu, on aurait dit des clowns, effrayants, sinistres. Et en sous-vêtements déchirés, impudiques et misérables, on les avait fait marcher dans les rues, sinistre carnaval, en les bousculant et en continuant à les injurier, à les salir d'obscénités et à provoquer les rires de la foule. Il fallait se venger de la peur, des privations, des morts, du défilé de malheurs qui n'avait pas cessé pendant quatre années. Se venger avec ce qui se trouvait sous la main, avec ce qui ne pouvait pas mordre. Avec des corps décidés coupables, dont il fallait arracher tout souvenir d'avoir été femme, et d'en avoir peut-être joui avec l'ennemi. Et les tondeurs jouissaient à leur tour.

J'en ai tremblé pendant des jours. Je n'en dormais plus. Dès que je rentrais, je barricadais la porte en poussant un meuble, des bûches, tout ce que je trouvais, fermais les volets. Peur qu'on vienne me chercher, moi aussi, comme ça, sans raison, parce que j'aurais été dénoncée, ou suspectée, parce que je me retrouvais seule et que les femmes seules sont les premières coupables, celles à qui on prêtera les rapprochements interdits, les trahisons impardonnables, les faiblesses, pour ne plus être seules, pour avoir un peu moins peur, un peu moins froid, pour manger.

Je me souviens encore avec trouble, malgré les années passées, de ce jour où, au cours d'un contrôle, alors que j'étais avec Louis, un soldat allemand l'a désigné et lui a tendu une tablette de chocolat. J'ai secoué la tête pour refuser, sans réfléchir, par instinct. Le soldat m'a rendu mes papiers et glissé la tablette au milieu. J'ai tout repris sans m'en rendre compte, et me suis éloignée au plus vite en cachant la tablette au fond d'un cabas qui ne contenait pas grand-chose.

De retour chez nous, j'ai donné tout le chocolat à Louis, en une seule fois, avec un peu de pain. Une folie, quelque chose d'insensé alors que nous manquions de tout, mais pas question de le faire durer, de l'économiser, comme s'il fallait le faire disparaître au plus vite, s'en débarrasser comme d'un objet compromettant, et c'en était un. Et surtout n'y prendre aucun plaisir. Je n'y ai pas touché, et me suis contentée de faire brûler l'emballage au plus vite, soulagée lorsque le papier bleu foncé, à l'effigie d'un enfant blond bien coiffé, s'est réduit à quelques miettes cendreuses au fond de l'évier, vite disparues sous le jet d'eau.

Puis j'ai fait jurer à Louis de n'en parler à personne, à aucun de ses camarades, pas même à ceux en qui il pensait avoir confiance, *question de vie ou de mort*, avais-je dit à mon fils en le regardant dans les yeux, accroupie à sa hauteur, en lui secouant trop fort les mains. *Jure-le, Louis, sinon nous sommes perdus*. J'ai regretté ces mots dramatiques, trop théâtraux, un peu ridicules, comme s'il s'agissait d'un corps à enterrer dans le jardin, ou d'un acte monstrueux que ma vie entière ne suffirait pas à expier, mais je n'ai pas su quoi lui dire d'autre, comment lui expliquer ce qui ne pouvait pas l'être. Louis n'en a jamais dit mot. Jamais il ne m'a redemandé si l'apparition miraculeuse d'une tablette se reproduirait un jour.

Pendant des semaines, je n'ai eu qu'une seule pensée : quelqu'un du village avait-il vu la scène ? Et la peur encore, qui m'a saisie, lorsque peu de temps après, le même soldat m'a croisée et saluée avec trop empressement, en s'écartant pour me laisser passer. Je ne l'avais pas reconnu tout de suite, puis à son attitude j'ai compris. Il m'a regardée dans les yeux, et je me suis dit que c'était un regard qui ne blessait pas, qui n'exigeait rien, alors que son uniforme affirmait le contraire. J'ai pressé le pas et baissé les yeux. Lorsque, plusieurs mois après, j'ai vu les trois femmes tondues et brutalisées, exposées comme les monstres d'un cirque de cauchemar, je me suis dit que c'était peut-être la peur, oui, surtout la peur, qui m'avait tenu de vertu ce jour-là.

Étienne a eu sa guerre, lui aussi, il n'en a jamais parlé à quiconque. Et un jour il m'a raconté. Un soir de janvier 1944, alors qu'il était chez lui, une voiture réquisitionnée par l'armée allemande s'est arrêtée devant la pharmacie ; il a entendu des coups contre la porte, la sonnette malmenée avec insistance, des cris, *ouvrir, ouvrir, schnell !* En veste d'intérieur, il est descendu et s'est trouvé face à quatre soldats armés, nerveux, pressés. *Venir, vite, camarade blessé, vite. Médicaments, vite.* Il a ouvert la porte qui sépare l'habitation privée de l'officine, suivi des soldats. Sous la menace, il a entassé des médicaments dans un carton. Il a dû prendre tout son stock de compresses, bandages, alcool, désinfectants, antalgiques, ciseaux, pinces, sparadrap. *Vite, vite.* Lorsqu'il a retrouvé son souffle, il a demandé si le docteur Grange avait été requis. *Non, pas le docteur, pas chez lui. Vite, camarade blessé.* De fait, les soldats étaient passés au domicile du médecin, où son épouse affolée leur avait dit qu'il n'était pas là. Appelé dans une ferme éloignée pour un accouchement, il ne devait rentrer que le lendemain matin, à cause du couvre-feu, avec sa voiture et le peu d'essence qu'il parvenait encore à obtenir pour sa tournée. Un pharmacien était supposé avoir quelques notions médicales, et de toute façon il n'avait pas le choix.

Il s'est retrouvé à l'arrière de la voiture, entre les uniformes, les bottes et les armes, son carton de pansements sur les genoux. Ils ont roulé un long moment dans la campagne, puis se sont arrêtés dans un hameau, et ils l'ont conduit jusqu'à une maison réquisitionnée où une douzaine de soldats les attendaient à l'étage. On l'a fait monter en hâte à une chambre où un jeune soldat, de toute évidence, agonisait. Vingt-cinq ans, tout au plus, avait estimé Étienne devant le visage livide, déjà cireux, grimaçant de souffrance. Il a écarté le drap ensanglanté qui le recouvrait. Le soldat avait pris une rafale dans le ventre ; d'un moment à l'autre, ce serait fini. *Rien à faire, désolé, plus rien à faire*, a dit Étienne. Il a alors senti dans ses côtes le canon d'un pistolet-mitrailleur. *Même un médecin ne pourrait rien, il faudrait le conduire à l'hôpital, mais c'est trop tard.* Il a alors pris dans son carton une seringue et une ampoule de morphine et les a montrées. Les soldats se sont regardés, et l'un d'entre eux a hoché la tête. Les mains hésitantes, Étienne a cassé l'ampoule et aspiré son contenu dans la seringue, chassé la bulle d'air. *Il faudrait le tenir.* Puis il a fait l'injection, de son mieux. Il a senti le corps du garçon se raidir au moment où l'aiguille a pénétré la peau, puis se détendre dans les instants qui ont suivi, la crispation de son visage se dissiper. Sans s'en rendre compte, il a posé une main sur le bras nu, musclé, du jeune soldat, et il a attendu la fin, face au papier peint défraîchi où l'on distinguait encore des grappes de glycine mauve. Plus personne ne parlait. Il était incapable de dire combien de temps s'était écoulé. Le garçon a sombré dans l'inconscience, ses lèvres ont cessé d'articuler des mots inaudibles. Puis sa tête est retombée sur l'oreiller taché, un fil qui se casse. Étienne a fait un signe du regard et l'un des soldats a fermé les yeux de leur compagnon.

D'un mouvement d'arme, on lui a désigné la porte ; il est sorti, a redescendu l'escalier étroit, aux marches raides. Et la panique, d'un coup, dans le ventre, dans tous ses membres, au fond de la gorge, plus de voix, rien. Il avait froid et serrait la mâchoire pour empêcher ses dents de claquer. Il avait dû laisser son carton de médicaments dans la chambre. Qu'allaient-ils faire de lui, maintenant ? En un instant, il s'est vu abattu et abandonné dans un fossé plein d'eau. On le retrouverait dans quelques jours, et ce serait une vision d'horreur. À qui manquerait-il ? Fils unique, plus de parents. Il m'a avoué que le souvenir de mon visage est passé devant ses yeux. Il s'est dit que je ne savais rien de cet amour qu'il me portait depuis si longtemps. J'avais perdu mon mari et faisais de mon mieux, comme chacun, pour survivre et élever mon fils. Il attendait, veillait en silence, avec discrétion, sur moi, et attendait. Je l'ignorais. Il a réalisé qu'il allait crever dans quelques minutes, sans avoir eu le temps de me dire qu'il m'aimait comme un fou. Comme tout cela était absurde !

Et ce gamin, dans la chambre, en haut, qui venait de mourir, parce que c'était ainsi, avec dans son portefeuille, certainement, la photo d'une fiancée en robe fleurie souriant à l'objectif dans la cour d'une ferme aux balcons de bois décorés de géraniums. C'était idiot, ça aussi. Il remuait toutes ses pensées à l'arrière de la voiture. À quel endroit de cette campagne boueuse sa vie allait-elle prendre fin ? À quel carrefour ? Au pied de quel arbre ? Personne ne parlait. La route lui a semblé interminable, dans une nuit noire à peine éclairée, sur quelques mètres, par la lumière jaune des phares. Il a guetté le ralentissement, le moment où le chauffeur allait s'arrêter, couper le contact, où on allait le faire sortir. Il n'était pas certain de savoir rester digne. Puis il a aperçu les lumières du village, reconnu la rue des Écuyers. La pharmacie. On lui a fait signe de descendre. Un claquement de portière. La voiture avait déjà disparu. Appuyé à la porte cochère, il s'est mis à trembler, comme pris de convulsions. Il a senti un spasme lui tordre le ventre, quelque chose de tiède, d'épais descendre le long de ses jambes, et en un instant ça a été puant et glacé. Il venait de chier sous lui.

Chaque jour je continue à aller sur le chemin, à guetter les bateaux qui arrivent au port, là-bas, à la grande ville ; j'avance dans le criaillement des goélands, des sternes, dans leurs aigus désespérés, dans un parfum d'iode et de sel qui me prend comme une étreinte. C'est une stridence qui m'enveloppe, je ne les entends plus, tant ce cri fait partie de moi, depuis toujours. Parfois il devient douleur, comme s'il me réveillait et me déchirait le crâne. Alors je voudrais disparaître pour ne plus les entendre, pour ne plus rien entendre. Disparaître dans ce qu'on appelle ici le Trou du diable, un puits naturel creusé dans la paroi de la falaise, où l'eau tourbillonne en accrochant une écume molle à la roche noire. On dit ici que c'est le dernier refuge des désespérés.

Peut-être se demanderait-on, en me voyant de loin, s'il ne s'agit pas tout simplement d'un ensemble de rochers qui trompe le regard, qui a la forme d'une silhouette de femme. Allez savoir. Mais en regardant bien, on apercevrait avec netteté un bras, une main replacer un châle, ou une écharpe autour de mes épaules, et le tissu de ma robe qui s'agite comme une vague. Rien de tout cela n'arrive avec les rochers, bien sûr. Malgré moi je repense à ces vieilles histoires d'arbres et de roches qui abritent des âmes perdues, et qui gémissent quand on s'en approche. Ces histoires de pierres à fées, là où les bêtes amenées paître sur la lande se montrent nerveuses et désorientées, ces pierres traversées par les rayons de lune, avec des ombres étranges qu'elles projettent au sol au moment des solstices, et des feux follets qui dansent sur la bruyère en jetant leurs lueurs maléfiques. Parfois, je me surprends à presser le pas.

Je ne me plains pas. Pas l'habitude. Pas eu ce loisir dans mon enfance à baffes et à bosses. J'essaie de me tenir droite, comme une poupée de fil de fer habillée de chiffons. Il ne faut pas grand-chose pour que l'armature cède.

Au sol, ces courtes herbes sèches, couleur de sable clair, qu'on nomme queues de lièvre, pour leur plumet d'une infinie douceur. Louis m'en cueillait des bouquets entiers, que je gardais de longs mois, et aussi ces herbes terminées par de petites grappes jaunes et sèches, à la senteur persistante d'épice indienne. Ce parfum, c'est pour moi celui de l'enfance de Louis, de la mienne aussi. Je ne suis qu'une coureuse de lande, une escaladeuse de rochers ; l'enfance m'a façonné des jambes musclées, des chevilles déliées, des pieds secs et étroits, marqués de cicatrices claires, des pieds pour courir sur la grève et garder entre les orteils des grains de sable sec, des pieds trop vivants, trop rebelles

pour les bottines cambrées que je porte maintenant.

Je suis envahie, pénétrée, toute résistance devenue inutile, par les coups sourds, aveugles, insis-
tants d'une souffrance qui ne me laisse aucun
repos. Je vis avec une absence enfouie en moi,
une absence qui me vide et me remplit à la fois.
Parfois, je me dis que le chemin qui me happe
chaque jour est comme une ligne de vie, un fil
sinueux sur lequel je marche et tente d'avancer,
de toutes les forces qui me restent. De résister
au vent, aux tempêtes, au Trou du diable, aux
larmes, à tout ce qui menace de céder en moi.
Il me faudrait chercher des arrangements pour
enjamber chaque jour sans dommage, mais je
ne sais rien des arrangements.

Monsieur Louis Le Floch
Aux bons soins de la Compagnie Générale
Maritime

Lorsque tu reviendras, Louis, ce sera une telle allégresse ! Nous poursuivrons cette fête par ce plat que je préparais parfois le dimanche, avec tous les poissons que je pouvais réunir. Comme un océan entier reconstitué à table, prêt à être dévoré. C'est une grande entreprise dans la cuisine, mais j'aime tellement ces moments où j'ai l'impression de provoquer le chaos et de lui donner forme, peu à peu, pour l'offrir à tous et guetter les regards, les sourires, quand je sers cette énorme chose à table. Un à un, au marché, je te choisirai les meilleurs poissons, qu'ils soient brillants, souples, juste enlevés à leur élément.

De retour, je fermerai la porte de la cuisine, j'ouvrirai grandes les fenêtres et je m'attaquerai à la tâche. Il y en aura partout, de quoi terrifier le visiteur impromptu, mais je sais ce que je fais. Mes gestes sont sûrs, ma main n'hésite pas.

Oh, ce n'est pas un talent, juste le fruit de l'habitude, et le goût de nourrir, de rendre heureux de cette façon-là, car je ne sais pas dire les choses. Les mots se bousculent dans ma tête, je me tiens des discours, des dialogues, et je suis incapable d'en sortir un seul mot. Ici, au moins, je fais à mon idée, et personne pour me contredire. Tu vois, nous parlions peu, avec ton père, ni l'un ni l'autre n'étions bavards, mais nous nous comprenions, nous étions du même monde, du même lieu.

Avec Étienne, et pardonne-moi d'évoquer son nom devant toi, c'est différent. Il me questionne, me demande mon avis, et j'essaie de dire ce que j'ai en tête, mais c'est difficile. Les mots accrochent, j'ai du mal à les attacher ensemble et je ne suis pas certaine de bien savoir choisir ceux que je voudrais.

Toi et moi, depuis toujours, nous avions un langage à nous, et il me manque. Avec Gabriel et Jeanne, c'est encore facile, ils sont petits, je ne fais que les dévorer des yeux, les embrasser, les caresser, je n'en suis jamais rassasiée. Je dois être comme ces animaux qui portent leurs petits sur leur dos, ou dans une poche sur le ventre, ou qui les transportent par la peau du cou. Mais je m'égare, je reviens à notre repas.

Pour ce plat, je trouverai sept ou huit poissons différents, il faut faire large. Ensuite, je le ferai presque les yeux fermés. C'est tout un monde bouillant, parfumé, qui va mijoter là. Il reste à écumer, à assaisonner, à surveiller. C'est un moment où je me sens un peu sorcière, penchée sur mon chaudron, mais j'aime ça, j'ai l'impression de régner dans ma cuisine, de commander au feu, à l'eau, de tout faire à ma seule idée. C'est si rare, vois-tu.

Et à table, je serai là, au milieu de vous tous, car ce jour-là, la maison sera ouverte à tous ceux qui voudront se joindre à nous et se réjouir, ce sera table ouverte, je le veux ainsi, ce sera un temps pour oublier les mauvais regards, les paroles amères, les curiosités déplaisantes, les jalousies. Je veux croire que ceux qui nous rejoindront ne seront là que pour partager notre joie.

Tous, les uns après les autres, vous tendrez votre assiette creuse que je remplirai de bouillon, de poisson, de pommes de terre fondantes et parfumées ; elles circuleront de main en main en une ronde ininterrompue, jusqu'à ce que je puisse me servir moi-même, m'asseoir et vous permettre enfin de commencer, mais je sais que la joie et l'émotion me priveront d'appétit. C'est sans importance, j'ai seulement envie de me donner ce plaisir d'être au milieu de vous, et de vous regarder dévorer.

Anne, ta mère, qui t'espère si fort

Désormais, les jours se ressemblent, les saisons ne se distinguent que par l'ajout d'un manteau, d'une écharpe, ou par le retrait d'une épaisseur, d'une paire de bottes, par un ajustement auquel je m'efforce pour aller sur le chemin sans trop y souffrir du froid, du vent, de la pluie ou de la chaleur, et ils se fondent en une suite indistincte qui ne me laisse aucun souvenir.

J'attends un signe, un courrier, quelque chose sur lequel m'appuyer. Tout ce que je veux, c'est que Louis rentre. Je voudrais retrouver notre unité première, rompue à la naissance, l'œuf primordial, à nouveau. Réparé, retrouvé, intact, le temps obscur et doux de l'inséparé. J'attends que mon fils me redonne vie, qu'il me fasse renaître, me réveille, me ressuscite. Alors nous serons quittes.

Je ne sais qu'une chose : son retour sera une fête. Grande, belle, heureuse. Grande comme a été son absence, belle comme la mer qui va enfin le ramener. Une fête pour le retour de l'enfant prodigue, de mon fils bien-aimé, de mon fils absent, de mon enfant en fuite. D'ici peu, je le serrerai dans mes bras, je rirai et pleurerai en même temps, j'oublierai les jours et les nuits de l'attente, des ténèbres, de la peur. Je ne verrai que lui dans la cohue du port, au pied de la passerelle, je ne sentirai pas qu'on me bouscule, que je gêne le passage, je ne sentirai plus mes jambes, mon dos douloureux, à force de piétiner là depuis des heures.

Je resterai indifférente aux odeurs de gazole, aux flaques d'huile qui risquent de me faire glisser, il n'y aura pas cet encombrement de tôle, de fer, de métal, de caisses, de treuils, d'amarres, pas d'hommes qui crient avec de grands gestes. Il n'y aura que ces mots que je tourne sans fin au plus profond de moi, *alors tu es revenu, mon fils*.

Je sentirai son odeur familière et inconnue, une odeur pleine de tous les lointains, je toucherai ses bras, ses épaules, ses cheveux, sa peau et nous ne serons plus qu'un, comme à l'aube de notre histoire. Et il n'y aura plus jamais d'hiver dans mon cœur, ni de questions sans réponses. Je me laisserai soulever, écraser, broyer contre le torse de mon enfant réapparu. Et je lui dirai, comme pour m'en assurer une fois encore, *tu es là, mon fils*.

Cette scène, c'est tout ce que j'ai en tête. Rien d'autre. Cette matinée est glacée. Je frissonne et me résous, à regret, à quitter cette avancée rocheuse où j'ai pris l'habitude d'aller, pour voir aussi loin que je peux sur la mer. Mes yeux me brûlent, le vent agace ma peau, gerce mes lèvres. Je pourrais marcher les yeux fermés, à chaque pas dire la forme, le grain du rocher à l'endroit où je me trouve, la couleur du sable du sentier, je pourrais dire si la bruyère est en fleur, si les ajoncs le sont aussi, en dire tous leurs tons de mauve ou de jaune. Je pourrais dire aussi le nombre de pas qui me séparent de la grande maison où l'on m'attend. La maison de la vie qui va, qui crie, qui rit, qui me demande. Celle où je me sens si peu chez moi. Ma maison à moi, c'est l'attente. C'est l'océan et le bateau de Louis. Quelque part sur une mer du monde. L'incertitude comme seul point fixe. Sous mes gestes de chaque jour, il n'y a que du vide. De la place pour les songes apportés par le vent, pour les mots racontés par les flots.

Le 7 décembre, le *Terra Nova* est arrivé. C'est Étienne qui l'a appris le premier, à la pharmacie, par un client qui travaille à la capitainerie. En bavardant, en attendant son ordonnance, il a cité le nom du bateau, sans savoir. Étienne ne m'en parle jamais, mais je suis certaine qu'il reste à l'affût de toutes les informations. À sa façon, il guette aussi. Et ce jour-là, ces premiers jours de décembre, il a su que le *Terra Nova* s'était signalé et arriverait dans les délais prévus. Au bureau de l'armateur, la nouvelle était également arrivée. Il a abandonné l'officine en toute hâte, confié la clientèle à son préparateur et il a couru me retrouver en montant l'escalier quatre à quatre. Je sais qu'il craint par-dessus tout de me faire une fausse joie, et qu'il ne se pardonne pas le départ de Louis, même s'il n'en parle jamais. Ce jour-là, il n'avait plus de doute.

Il a frappé à notre chambre où je venais de finir de m'habiller. À son regard, j'ai senti qu'il me trouvait belle, j'ai mes longs cheveux noirs encore humides, brillants, les bras nus. Je suis occupée à faire le lit, tendre le drap de dessous, retaper traversin et oreillers, secouer la couverture et le dessus-de-lit en patchwork bleu et blanc. La fenêtre est ouverte, c'est mon habitude d'aérer en toutes saisons, de chasser la nuit, de faire entrer le jour, l'air, le vent, par tous les temps.

Il a toussoté. Ne savait plus comment dire. *Anne.* Je l'ai regardé avec stupeur, puis inquiétude. *Qu'est-ce qui se passe ? Pourquoi es-tu remonté ?* Il m'a vue pâlir. *Dis-moi, qu'est-ce qu'il y a ?* Ma voix tremblait. *Anne, je viens d'apprendre que le bateau de Louis arrive demain, en début d'après-midi, vraisemblablement. C'est un client qui travaille à la capitainerie qui vient de me le dire, ils ont déjà échangé avec l'armateur. C'est confirmé. Nous irons ensemble, si tu veux.*
J'ai lâché le paquet de couvertures emmêlées qui s'est affaissé à mes pieds, j'ai regardé Étienne comme si je le voyais pour la première fois. Sur mon visage, toutes les expressions ont dû se dessiner, les unes après les autres. Cette nouvelle, tellement attendue, c'était trop. J'ai dû sourire, puis me figer, je ne savais pas quoi faire de mes mains, de mon corps. J'ai eu envie de rire, et je me suis mise à pleurer. Je me suis assise sur le lit défait et ce sont des larmes sans bruit, des sanglots silencieux qui ont soulevé ma poitrine, mes épaules, qui m'ont secouée tout entière. Étienne m'a regardée, soudain silencieux. Il a avancé la main vers moi pour la poser sur mon bras, il allait dire quelque chose, puis s'est tu. Je l'ai regardé. Je me suis levée. *Merci, mais j'irai seule.*

Il a reculé, mes mots l'ont giflé. *Comme tu veux. Je peux aussi te conduire en voiture et vous attendre. Nous rentrerons ensemble, ce sera plus simple, il fait froid.*

Je prendrai le car, et pour le retour aussi. J'ai l'habitude. Encore une gifle de ma part. Il s'est incliné. *Très bien, dans ce cas. Je te laisse, il faut que je redescende.*

À la porte de la chambre, il s'est immobilisé, s'est retourné. *Anne, je suis heureux du retour de Louis. Je veux que tu le saches.*

Je n'ai pas répondu.

J'étais là, sur le quai, au pied de la passerelle, depuis des heures, lorsque l'équipage du *Terra Nova* est descendu à terre. Je ne sentais ni le froid, ni la bruine qui transperçait mon manteau, ni la faim, ni l'inconfort de la station debout, immobile. On m'a indiqué le quai où le cargo venait de s'amarrer, j'y suis allée directement. Bientôt, les hommes sont descendus à terre, par petits groupes, un sac sur l'épaule, en riant, pressés, encore vacillants du mouvement de la mer. Une vingtaine d'hommes, jeunes, impeccables dans leur tenue de sortie, sont passés devant moi en s'écartant pour ne pas me bousculer. Dans chacun, je croyais voir apparaître mon fils, mais je savais bien que non, ce n'était pas lui, pas encore. Enfin, un homme plus âgé, corpulent, bien habillé, avec une casquette, est descendu à son tour. Au moment où il est arrivé à ma hauteur, je me suis élancée. J'ai prononcé le nom de Louis. Mes dents claquaient de froid, de peur, d'entendre la réponse. *Louis Le Floch ? Débarqué à Valparaiso, madame. Jambe cassée, épaule luxée. On a dû embarquer quelqu'un d'autre. Ne vous tracassez pas, il retrouvera un engagement, c'est un bon matelot, et un bon garçon. Et puis, les voyages forment la jeunesse, vous savez. Excusez-moi, on m'attend.* L'homme a soulevé sa casquette et il a disparu dans l'agitation des quais.

Il ne m'a pas vue m'affaisser derrière lui, tenter de me retenir à l'échelle de coupée, chercher l'air pour respirer encore, ne pas le trouver et me recroqueviller à terre. Le front contre le ciment, le bruit de l'os qui frappe le sol. Et j'ai hurlé. Puis ça a été le silence. Un attroupement autour de moi, que je devinais confusément, mais personne n'osait m'approcher. Étienne est arrivé et il a bousculé tout le monde, sans ménagement. Il s'est approché de moi, tout près, pour me dérober aux regards, je l'ai vu faire un signe pour demander qu'on nous laisse. D'un geste rapide, il a enlevé son manteau et l'a posé sur mes épaules, puis il a cherché à prendre mon bras, à me relever et à m'éloigner avec lui. Je me suis laissé faire. C'étaient les ténèbres.

Étienne me tenait contre lui et m'entraînait en me portant presque. Enfin, il a trouvé un endroit plus calme, sans passage, sans curieux, il a sorti un mouchoir de sa poche et s'est mis à nettoyer mon visage. L'arcade sourcilière était ouverte, la peau avait craqué. Je n'avais rien senti. C'était un écoulement rouge vif, en saccades, sur lequel il a posé le linge, en appuyant pour stopper le flux. Bientôt, il a eu du sang sur ses manchettes de chemise, sur ses mains, il aurait fallu un autre mouchoir, une serviette pour essuyer ce qui coulait sur mon visage et mon cou, et de l'eau, pour enlever les gravillons qui s'étaient incrustés dans la peau ; mais il n'avait rien d'autre sur lui. Et moi je m'en fichais.

Il voulait partir, fuir cet endroit, m'emmener, me conduire chez le docteur Grange qui allait me soigner, recoudre ça, il lui demanderait de me donner quelque chose pour que je m'apaise. Mais je n'en voulais pas. Il s'était garé près des quais, à l'entrée du port ; il était parti après moi, ce matin, m'a-t-il dit, sans même l'avoir décidé la veille, sans intention de se manifester, de s'imposer entre nous, sans troubler notre intimité. C'est après m'avoir vue tourner à l'angle de la rue, à pas rapides, pour rejoindre l'arrêt du car à la sortie du village, que l'idée lui était venue. Être là, au risque d'être inutile, mais être là. Je n'en saurais rien, mais il serait là. Prêt.

Le retour s'est fait dans le silence, ponctué du seul grincement de l'essuie-glace qui peinait à tenir le pare-brise dégagé. La pluie tombait à verse, la nuit était là ; devant nous, il n'y avait que la route noire, luisante. Le vent malmenait les branches des arbres, comme si elles nous adressaient de grands signes désespérés. Il voulait arriver au plus vite. Ne rencontrer personne. Il avait froid, il claquait des dents, lui aussi, dans sa veste de costume humide, dans sa chemise tachée. Je ne disais rien, je fixais la route sans rien voir, en maintenant le mouchoir sur ma tempe. Je ne pleurais pas.

Ce que je voulais, c'était m'endormir, et ne m'éveiller qu'au retour de Louis. Ouvrir une saignée dans le sol et m'y blottir, m'y engloutir tout entière, m'y oublier, m'y enterrer vive. J'ai dû mettre toute ma volonté, toute mon énergie pour faire face à la vie autour de moi, toute cette vie qui s'arrête au bord d'une invisible tranchée, celle que la douleur a creusée entre le monde et moi.

Dans ma vie ralentie, presque immobile, devenue presque minérale, les pensées s'agitaient, s'accéléraient, s'emmêlaient. Et brusquement, en moi, une guerrière. Vivante. L'idée s'est approchée, s'est installée, elle m'a obsédée. Le bateau. Le *Terra Nova*. Là où Louis a vécu, travaillé, pris ses repas, dormi, rêvé, pensé à moi peut-être. Je voulais voir. Je voulais savoir. Je devinais que sinon, je ne pourrais pas continuer comme ça, avancer, tenir. C'était décidé, c'était plus fort que moi. Je devais y aller.

Quelques jours après notre retour silencieux sous la pluie, j'ai prévenu Étienne. Je me suis forcée. Me montrer détachée, souriante. Autant que possible. Ne pas l'inquiéter davantage encore. Un prétexte futile, anodin. Presque un caprice. Je devais aller à la ville, le lendemain matin. Des courses à faire pour Noël. Je prendrais le car et rentrerais le soir, les enfants iraient déjeuner chez des camarades. Étienne a approuvé, surpris. Dérouté, mais soulagé, peut-être, de me voir sortir de ma prostration, reprendre pied.

Une fois le petit déjeuner avalé, il a insisté pour changer mon pansement et nettoyer les points de suture qu'il avait fallu pratiquer. Il avait les gestes doux, rapides. *Tu es sûre ? Ne prends pas froid. À ce soir.*

J'ai filé, il n'a pas vu le panier à mon bras, pas vu mes vieilles chaussures ni la guenille que je portais en guise de manteau. Une audace montait en moi comme une sève. J'allais le faire. Je ne craignais plus rien, plus personne.

À l'échelle de coupée du *Terra Nova*, elle n'avait pas fière allure, cette femme qui s'est présentée en blouse de ménage tachée, un foulard de coton bleu sur les cheveux, un pansement sur le front, et un panier d'où dépassaient des chiffons décolorés et une brosse en chiendent. Elle est montée jusqu'au pont et a lancé au matelot accoudé au bastingage *ménage !* d'une voix à la fois lasse et assurée.

Le garçon m'a regardée et, sans mot dire, m'a fait signe de le suivre. Je suis descendue derrière lui, j'ai réprimé un haut-le-cœur lorsque l'odeur de renfermé, de sueur et de gazole m'a saisie à la gorge. D'un geste sec, il a ouvert la porte d'un réduit d'où s'échappaient des seaux métalliques et des balais, un bidon de détergent. En se tournant vers moi, il m'a désigné l'étroit couloir. *Seulement les chambres ouvertes, les autres sont occupées.* Il a porté deux doigts à sa visière et il est remonté avec nonchalance. De longtemps je ne m'étais sentie aussi libre, légère, aussi proche de Louis. Jamais je n'étais montée sur un bateau. J'ai avancé le long de la coursive sur laquelle s'ouvraient les cabines de l'équipage. Dans la première qui s'est présentée à moi, je suis entrée.

Une odeur lourde, épaisse, une couchette étroite, des draps en désordre, une couverture entortillée, en tissu rugueux. Un tabouret, une tablette chevillée à la cloison, pleine de traces collantes, un coin lavabo maculé de dentifrice, un miroir rectangulaire piqué de rouille. Un hublot. L'univers de Louis. Désormais, je connaissais. Mes mains ont erré le long des montants métalliques de la couchette, autour du hublot dont elles redessinaient le cercle. Tout était froid. Je me suis dit que c'était là le refuge de mon fils, son foyer maintenant. Cette cabine, ou une autre, dans ce bateau, ou dans un autre. C'est là qu'il s'endort une fois sa journée de travail terminée, c'est la mer qui le berce et lui apporte les rêves. Je découvre d'infimes fragments de sa vie, des traces, des tessons de poterie à assembler. Je suis sortie et j'ai avancé dans la coursive, je suis entrée dans d'autres cabines, au mobilier identique, au désordre identique, aux relents de présence masculine identiques. Parfois, derrière une porte, je découvrais une photo scotchée et oubliée, une pin-up souriante, blonde et bouclée, seins pointus jaillissant d'un bikini, hauts talons et jambes fuselées, dévorant un cornet de glace avec gourmandise ou s'extasiant d'un verre de Coca-Cola. Je pouvais partir.

Puis j'ai paniqué. Comment sortir d'ici ? Je n'avais touché à rien. Allait-on contrôler mon travail avant de me laisser redescendre à terre ? Il me faudrait dire la vérité. J'ai respiré. J'étais prête.

Lorsque j'ai émergé sur le pont, j'ai cherché à me faire aussi petite, aussi invisible que possible. C'était le même matelot qui était là. Et s'il était un ami de Louis ? Il le connaissait peut-être, il pourrait me parler de lui. J'ai hésité. Que pourrait-il me dire ? Leur travail et leurs bordées ? Sa manière d'être avec eux ? J'ai pris une inspiration et je me suis dirigée vers lui. Lorsqu'il s'est trouvé à portée de voix, trois autres matelots l'ont rejoint et ils ont commencé à parler entre eux. Puis ils se sont dispersés sur le pont, très vite, et ont commencé à le nettoyer au jet d'eau tout en s'interpellant. J'ai attendu, en vain, de pouvoir m'approcher de l'un d'entre eux. Puis j'ai renoncé. Tête basse, j'ai glissé devant celui qui était le plus proche de moi, avec ma brosse et mes chiffons, le cœur qui tapait si fort que je pouvais à peine respirer. On ne m'a rien demandé, j'étais invisible, je n'existais pas. Sur le quai, j'ai pressé le pas. À l'angle d'un entre-pôt j'ai jeté ma blouse et mon foulard dans un container rouillé entrouvert, la brosse et les chiffons les ont rejoints. Je me suis redressée, j'ai attaché mes cheveux en queue de cheval. Ce que j'avais voulu voir, je l'avais vu, avec une audace dont je ne me savais pas capable. Dans ma tristesse, dans ma déception de ne rien avoir pu apprendre, j'ai trouvé un goût de petite victoire. Je connaissais maintenant le monde de Louis.

Dans le car du retour, je grelottais. Avec mes doigts, sur la vitre embuée, j'ai dessiné un soleil et des ondulations en guise de vagues, puis tout a dégouliné sur la surface froide de la vitre, tout s'est mélangé et on ne voyait plus rien de mon paysage. Il y avait cette vitre qui me séparait du monde, je regardais dehors et il n'y avait rien à voir. Demain, le bateau serait reparti.

C'est à partir de ce jour que je suis retournée chaque jour à mon ancienne maison, celle aux volets bleus, à l'entrée du chemin. J'y demeure de longues heures. C'est mon secret. Quand les enfants reviennent de l'école, j'ai repris place dans leur vie, je suis là pour les accueillir, les écouter raconter leur journée. Dans le séjour, la radio est allumée, on y entend Charles Trenet ou Édith Piaf qui chante *Les Amants d'un jour* de sa voix de misère. Ils chantent pour les murs.

Il a fallu passer Noël, et ce furent des heures lentes. Les préparatifs qui réjouissent les enfants, la maison qu'on transforme en féerie. Gabriel et Jeanne réclamaient leur arbre décoré. Comme chaque année, leur impatience croissait chaque jour, c'était l'attente du calendrier de l'Avent, bricolé avec du carton de couleur, de la peinture et du papier doré, dont chacun des enfants, à tour de rôle, ouvrait une fenêtre le matin pour le plaisir d'y découvrir une friandise. C'était une bougie supplémentaire allumée chaque dimanche, et j'y joignais une prière muette pour Louis en retenant mes larmes. Ça a été le moment où Étienne a rapporté le sapin. Il l'a calé, comme chaque année, dans un morceau de bûche fendu en deux, évidé d'un trou cylindrique, et il prenait des airs de magicien, d'enchanteur, de roi de la forêt pour déplier et équilibrer les branches autour du tronc, et c'était tout le parfum de Noël qui entrait dans la maison. Avec les branches les plus basses, avec quelques liens de raphia et du ruban rouge, aidée de Jeanne, j'ai confectionné une couronne que nous avons fixée à la porte d'entrée, en signe de bienvenue. À ce moment-là, j'ai fermé les yeux et mes lèvres ont murmuré des mots fervents que personne ne devait entendre.

Ça a été un temps sans répit, plein de l'excitation des enfants, plein de leur émerveillement devant les décorations qu'on sortait du carton où elles dorment toute l'année. On retrouvait les guirlandes, ces molles chenilles dorées, des étoiles argentées, des boules en papier mâché verni, des bougies à demi fondues qu'il fallait fixer avec précaution sur leur support et surveiller à chaque instant ; c'étaient de minuscules figurines de terre cuite, peintes de couleurs naïves, qu'on disposait à l'intérieur d'une boîte à chaussures recouverte de papier rocher pour figurer le décor d'une crèche, et une boule de fils dorés emmêlés, les cheveux d'ange, qu'on semait çà et là, et que je retrouvais dans la maison pendant des semaines entières, en faisant mine de me fâcher. Les enfants se disputaient pour savoir dans quel ordre disposer les Rois mages, Melchior, Gaspard et Balthazar. Qui porte l'or ? Qui porte l'encens ? Qui porte la myrrhe ? À chaque fois, je devais raconter les mages venus d'Orient, guidés dans la nuit par une étoile, pour venir s'incliner devant l'enfant. Je racontais le couple arrivé à dos d'âne à Bethléem, la future mère exténuée, l'auberge pleine, l'étable, la naissance. C'est une histoire dont Gabriel et sa sœur ne se lassent pas. Jeanne est venue se serrer contre moi, elle a lancé ses bras autour de ma taille et a murmuré *je voudrais que Louis soit là, c'est toujours lui qui accroche l'étoile du sapin*, et là mes genoux ont tremblé, ma voix a tremblé, et j'ai dit que oui, une autre fois, il le fera, mais qu'il voyageait loin en ce moment, et que cette année, j'accrocherais l'étoile pour lui.

Je voulais me réjouir, dans cette fête de l'espérance, de ce temps de promesses, d'indulgence, d'abondance, je voulais me joindre aux chants, aux gestes, à cette légèreté, à cette générosité qui nous envahit l'âme, et en moi tout était de plomb.

Pendant de longues semaines, après cet éprouvant Noël, Étienne n'a plus entendu ma voix. Les repas étaient prêts, la maison propre, les enfants semblaient s'accommoder d'une mère silencieuse qui les choyait, les embrassait, les caressait, les baignait, recousait l'œil de l'ours en peluche ou la couverture de la poupée, qui leur confectionnait de nouveaux dessus-de-lit chauds et moelleux, de nouvelles robes de chambre, qui continuait à préparer des gratins et des tartes. Comme si toute ma vie n'était vouée qu'à cela, à ce soin infini pour ceux qui sont là, autour de moi, et qui ne sont pour rien dans ce qui arrive. De ce qui est consumé en moi, je ne peux rien leur dire.

Étienne avance les mots avec précaution, il attend le moment où à nouveau je lui parlerai. Il patiente, il espère. À la pharmacie, il a entrepris des travaux, un agrandissement, de nouvelles installations. Fini les bocaux d'apothicaire, vieillots, démodés, fini les étagères sombres. Ce sera grand, clair, pratique, moderne. Il surveille le chantier, ça lui prend tout son temps, toute son énergie, ça lui permet d'écarter pendant quelques heures la vision de mon front éclaté, de mon regard qui ne se pose nulle part. Aux clients, il tente de faire bonne figure, impassible, quand on demande, la mine faussement innocente, de mes nouvelles. *Et madame Quémeneur ? Il y a un moment qu'on ne l'a pas vue. J'espère qu'elle n'est pas souffrante. Vous lui présenterez mes hommages.* Étienne répond qu'il n'y manquera pas. Puis il se tait. Ce qu'il veut, c'est nous protéger, tous les deux. Comme il peut.

Monsieur Louis Le Floch
en mer

Lorsque tu reviendras, ce sera un partage. Un vrai grand partage. Et un pardon aussi. Car tout sera pardonné, dis-moi ? Nous tenterons d'oublier ce qui nous a blessés. Ton départ, ton silence. Le geste d'Étienne. Il n'aurait pas dû. Il le sait. Peut-être suis-je sotte, à rêver ainsi de ce moment, de ce que je pourrais t'offrir, à toi et à tous, mais cette pensée me porte, me soutient. Je te l'ai dit, déjà, mais c'est vrai, tu sais, sur le chemin, c'est un beau songe qui m'accompagne et m'aide à supporter les jours et les pas perdus, les bateaux qui rentrent sans toi, l'attente déçue, le cœur qui cogne chaque matin en regardant la mer.

Je serais une bien mauvaise mère si je ne tuais le veau gras pour mon enfant. Alors il y aura un animal sacrifié, je ne sais encore lequel, mais tu auras du bœuf, ou du veau, ou de l'agneau, dans le plus beau morceau de la bête.

107

Je préparerai des viandes, rôtis, gigots, volailles, pour te faire honneur, même si je ne veux plus pour moi d'animaux tués, plus de sang dans mon ventre. C'est un parfum de fête dans la maison, d'abondance, je saisirai le grand couteau que je range avec soin, de peur qu'on s'y blesse, et je découperai les morceaux pour les présenter avec soin, en étoile sur un plat, et chacun choisira celui qu'il préfère.

Pour ma part, j'ai souffert d'entendre, enfant, les fermes résonner des rires et des cris de joie lorsqu'on saigne l'animal nourri toute l'année à nos côtés, soudain immobilisé, suspendu tête en bas, terrifié, criant comme un désespéré, percé d'un couteau et éventré, et vite on tend des bassines pour recueillir son sang encore chaud et on s'en trouve tout arrosé, il faut le remuer énergiquement pour qu'il ne caille pas, ce travail me revenait, tu ne peux savoir ce qu'il m'en coûtait ! Il en allait de même pour les lapins qu'on écorche comme on retourne une chaussette et qu'on laisse la tête sanglante et l'œil fou, dans une vision de cauchemar. Je sais pourtant que c'est ce qu'on appelle la vie, dévorer ceux qui sont plus faibles que nous, s'en nourrir pour se donner de la force, c'est ainsi depuis la nuit des temps, parfois je hais ma sensiblerie à ce sujet et m'efforce de la dissimuler. Je ferai un effort, pour toi, mon fils, tu auras un repas de roi en retour d'exil, je te le promets.

Ta mère,
qui ne sait plus

Étienne ne sait rien des heures que je passe désormais dans ma maison aux volets bleus. Ne veut rien savoir de ce temps que je distrais à tous. La clé, je la tiens serrée dans mon sac que je pose le soir au pied de ma table de nuit, pour ne pas m'en séparer. C'est une clé rustique, en fer vieilli, avec des taches de rouille, un objet d'un temps révolu qui raconte des histoires de mer, de marins perdus, de récifs, de tempêtes, de brouillards, des histoires de femmes qui attendent, toujours.

Mon corps lui échappe, aussi. Il se prête, parfois, mais Étienne n'étreint qu'une ombre. Une enveloppe de chair tiède et inerte sous ses doigts. Parfois, le miracle a lieu. Je cède sous les caresses, sous sa vigueur. Il me sent m'accrocher à lui comme une noyée, comme une perdue, comme une sauvage qui soudain rugit, tremble, se cabre et retombe. Il lèche la sueur entre mes seins, dans le creux de mes reins, c'est une odeur qui le rassure. C'est moi. Quand je m'endors sur son bras, il n'ose plus bouger, jusqu'à l'ankylose,

109

jusqu'à ce qu'il sombre à son tour en murmurant qu'il m'aime, jusqu'à ce qu'il oublie tout.

Quand il me regarde, j'imagine que ce qu'il voit en premier, maintenant, c'est cette cicatrice claire en forme de croissant, au-dessus de mon sourcil gauche. Plus personne ne la distingue, elle s'est fondue dans la peau, mais je sais que lui ne voit que ça, elle lui saute aux yeux, c'est une souffrance, un reproche inscrit dans ma chair, que rien n'effacera. Jamais Étienne ne prononce le nom de Louis.

Pour l'heure, il me regarde serrer Gabriel et Jeanne contre moi ; c'est dimanche, je les ai préparés, coiffés, habillés. J'ai ri avec eux des minuscules traces que leurs pieds humides ont laissées sur le rectangle de tapis éponge, et qu'ils s'amusent à multiplier en sautant et en poussant des cris d'Indiens. À genoux auprès d'eux dans la salle de bains, j'ai raccourci leurs ongles en prenant garde à ne pas les blesser, j'ai nettoyé leurs oreilles avec une mèche de coton humide, j'ai coupé les cheveux de Gabriel sur la nuque, les mèches tendues entre deux doigts, ciseaux dans l'autre main. J'ai le geste sûr. À Jeanne, j'ai tracé une raie médiane et tressé chaque partie avec soin, puis fixé un ruban satiné à chaque extrémité. Je l'ai fait tourner sur elle-même pour faire gonfler sa robe et l'ai renversée dans mes bras en lui disant qu'elle était la plus jolie. Et son rire aigu me réjouit autant qu'il me transperce.

Déjà, il est l'heure de la messe. Je suis prête en dernier. Les clés à la main, Étienne s'impatiente, déjà les cloches résonnent entre les murs des maisons. Il déteste y arriver en retard. Il faudra remonter toute la nef sous les regards, ou entrer par les portes latérales, comme des voleurs. Que vont dire les gens ? C'est un rite auquel il ne peut se soustraire, sa générosité à la quête le dispense des vêpres, pardons et autres processions qui le font bâiller d'ennui, des choses d'un autre âge auquel il ne trouve guère de sens. Suivre en chantant à travers champs une statue parée de vêtements précieux et de fleurs en attendant un miracle, de la pluie ou du soleil, le fait sourire. Ces cérémonies lui évoquent son enfance à la fois choyée et austère, sa mère, dévote et autoritaire. Qu'aurait-elle dit, d'ailleurs, sa mère, si elle avait été encore de ce monde lorsqu'il a marié *la petite Guivarch*, veuve Le Floch ? Des choses dures, blessantes et injustes, certainement. Et il m'aurait épousée quand même. J'en suis certaine. Et peut-être serions-nous partis vivre loin d'ici, des ragots, des rancœurs et des rumeurs.

Il m'entend soupirer. Je ne sais plus si je crois à tout ça, ou non. Ce rituel me pèse aussi, mais il me rassure, même si mes gestes sont devenus mécaniques, vides de sens. Je me méfie de ce Dieu qui laisse disparaître les fils et les maris. Comme chacun je murmure les paroles immémorielles prononcées par cet homme de dos qui lève et abaisse les bras dans sa chasuble brodée d'or, qui parle d'amour et de pardon des offenses, il chante fort et avec tant de certitude que je ne sais plus rien, au plus profond de moi, de ce que je crois. Il y a les regards de tous quand je reviens à ma place après la communion, derrière Étienne, et que chacun scrute mon visage, mes vêtements, en se demandant ce qui avait bien pu passer par la tête du riche et distingué Étienne Quémeneur d'épouser, au terme d'un trop long célibat que chacun s'impatientait de voir rompu, cette crève-la-faim de veuve de pêcheur, solitaire et mutique, dont le fils s'est enfui on ne sait où, ni pourquoi. Et à peine aimable en plus. Elle pourrait au moins penser aux affaires de son mari, se montrer polie, un peu commerçante, quand même.

Oui, un drôle de mariage, dit-on avec des mines équivoques, sous les sourires de façade. Une bénédiction que les parents Quémeneur n'aient pas eu à vivre cet affront, voir leur fils unique convoler avec une moins-que-rien, une ouvrière, une ramasseuse de coquillages. Elle avait eu du malheur, mais qui n'en a pas sa part, ici-bas, un jour ou l'autre ? Je devine tous ces mots, et maintenant ils ne me blessent plus. Plus grand-chose ne me blesse. Je ne suis qu'une déchirure. Tout le village s'était pressé à l'église, le jour de notre mariage, quand même, pour voir ça, et avait trinqué au vin d'honneur offert par Étienne. Il n'y avait eu ni vivats, ni chansons, ni plaisanteries, on n'avait pas embrassé la mariée, il avait fallu se tenir. Et ce qu'on disait de nous, ce qui courait sur les lèvres derrière les amabilités appuyées, c'est que le fils Quémeneur aurait pu choisir un bien meilleur parti, une épouse jeune et fraîche, juste sortie du pensionnat, joueuse de piano et toucheuse d'aquarelle, une qui saurait disposer l'argenterie sur la table et commander à la bonne. Un corps innocent, un ventre intact, qui n'aurait attendu que lui pour s'abandonner à des ébats évoqués à voix basse, entre amies, avec une excitation mêlée de crainte. Et ce témoin de mariage, misère, quelle honte ! La mariée avait ramené une autre crève-la-faim, une de ses voisines, la mère Le Goascoz, ou un nom dans ce genre, avec sa robe de pauvresse, sa boiterie, juste sortie de sa cabane à poules, les cheveux attachés avec une espèce de ficelle, franchement, où va-t-on, je vous demande un peu, quelle allure...

Près d'Étienne, en costume bleu marine, cravate gris clair, il y avait eu tous ces ricanements, discrets. Je ne sais s'il les devinait ou faisait semblant de ne pas les remarquer. Je devinais sans peine ce qui se disait de lui. Il a étudié à Paris, il est devenu un monsieur. Et s'il veut la veuve Le Floch dans son lit, c'est son affaire après tout, peut-être bien qu'elle lui fait des choses qu'on ne peut pas dire, des choses qu'on n'imagine même pas, ou qu'on imagine trop au contraire. Les choses des corps et de la nuit, des lèvres, des langues et des mains, de salive, de sueur, de peau, les choses obscures qui font crier et gémir. Les choses du feu, de la langueur et des tremblements ; celles de la transe archaïque et éternelle, des corps qui se cherchent, qui dansent, luttent et s'épuisent, des griffures, des morsures, et le poids léger des lèvres posées sur les paupières, les tressaillements de la peau qui brûle, les effleurements et les gorges qui rugissent. Les odeurs lourdes, tenaces, des corps et des ventres. Ou elle lui a jeté un sort pour l'avoir. Il leur faut bien trouver une raison aux sentiments qu'Étienne me porte. Pour moi, c'est tout trouvé, c'est plus facile. Et le petit dont il va s'occuper, c'est généreux, on ne peut pas dire, elle a de la chance, celle-là. Enfin, il n'avait pas le choix, pour avoir la mère. On se demande comment ça va tourner, tout ça. Il avait fallu nous féliciter, nous, le nouveau couple devant Dieu et les hommes. Ils avaient fait comme ils avaient pu, aussi embarrassés que nous, droits, figés, attendant le moment où il n'y aurait plus rien à boire et où ils pourraient prendre congé. En attendant, nous leur faisions face, ensemble, au milieu des tables recouvertes de draps blancs et de bouteilles vides, immobiles, nous devions avoir l'air de deux enfants graves. Tous voudraient savoir ce qui se passe derrière les murs de la maison de la rue des Écuyers, derrière la porte de notre chambre, lumières éteintes, on voudrait savoir de quoi est faite notre histoire. Mais nous n'offrons aucune prise, et on nous en veut, pour ça.

Je garde les yeux baissés en revenant de la communion, comme si un poids posé sur mes paupières m'empêchait de les relever, et me perds dans l'observation du dallage de granit disjoint par endroits. Je compte le nombre de pas qui me séparent du banc en bois verni, au premier rang, avec la plaque de cuivre ovale, brillante, gravée au nom de la famille Quéméneur depuis des générations. Si le compte est impair, Louis sera de retour au cours de la semaine qui vient. S'il est pair, demain sera un jour perdu, un jour cendreux, un jour en berne, mais j'irai quand même

sur le chemin. Et peut-être me suis-je trompée
en comptant mes pas.

Dans la grande maison, personne ne peut deviner que je me sens encore comme une invitée,
toujours en alerte dans l'effort de faire semblant
d'y vivre. Étienne demeure ici depuis sa naissance, il a imprimé sa présence dans chaque
pièce, ce sont des journaux, une tasse oubliée,
une paire de lunettes, un vêtement roulé en
boule, l'empreinte de son corps sur les coussins,
et les enfants font de même, avec des jouets ici
et là, un cahier d'école, et leur vie sourd dans
toute la maison dont j'ai épousé l'histoire sans
y apporter la mienne.

Malgré les années, malgré les deux vies qui
y sont nées, ce n'est toujours pas chez moi. Je
n'y peux rien. Parfois je m'assieds dans l'un
des fauteuils du salon, parcours la pièce des
yeux, cette pièce dont je n'ai pas choisi un seul
meuble, un tableau, un objet, une nappe. Je fixe
les motifs contournés du tapis, les deux grandes
marines en vis-à-vis, l'une au-dessus du buffet,
l'autre au-dessus du secrétaire en bois blond,
je fixe les abat-jour en soie crème, le piano
droit, toujours fermé, et son tabouret rond à
vis. Étienne s'y installe parfois le soir, il me fait
entendre une valse, une chanson du moment, un
succès, mais je ne connais plus les chansons du
moment ni les succès. Je regarde ses doigts se
poser sur les touches sans hésiter, dire un langage qui n'est pas le mien et ne le sera jamais. Je
ferme les yeux et me colle contre son dos, pose
mes mains sur ses épaules et laisse la vibration

de l'instrument entrer en moi. Je voudrais lui dire toutes les images qui passent sous mes paupières, mais les mots demeurent bien trop loin de mes lèvres, loin dans la gorge.

Tous les jours je dois m'inventer de nouvelles résolutions, des choses pour tenir debout, pour ne pas me noyer, pour me réchauffer, pour écarter les lianes de chagrin qui menacent de m'étrangler. Je m'applique à être digne, convenable, à être parfois aimable, à me montrer comblée. J'apprends à me réjouir de ce qui est heureux, de ce qui est doux, de ce qui est tendre, des bras des enfants autour de mes épaules, des mains brûlantes d'Étienne sur mes hanches, de la rosace parfaite d'une fleur de camélia, d'un rayon de lumière qui troue les nuages et vient danser sur le mur, de la fraîcheur des draps en été, du beurre salé qui fond sur le pain tiède, je me fabrique toute une collection de bonheurs dans lesquels puiser pour me consoler, comme un herbier de moments heureux.

Je m'invente des ancres pour rester amarrée à la vie, pour ne pas être emportée par le vent mauvais, je m'invente des poids pour tenir au sol et ne pas m'envoler, pour ne pas fondre, me dissoudre, me perdre. Toutes ces choses ténues, dérisoires, je m'y accroche pour repousser le prénom qui cogne à mes tempes, à mon cœur, à tout mon corps, pour tenir à distance ce halo d'ombre qu'il agite autour de moi. J'invente tout ça pour me protéger de la houle qui arrive en traître, de côté, qui donne de la gîte à ma pauvre embarcation. Et ma tête tourne, ivre de tant d'absence, de mon Louis volatilisé, disparu, perdu. Et rien, jamais rien pour me rassurer, pour m'aider à accélérer le passage des jours, à escalader les nuits, à compter les mois, les années, les siècles, l'éternité. Rien pour m'aider à ne pas perdre pied, pour résister au champ magnétique du Trou du diable et de toutes les sirènes de brume. Et chaque jour je retourne sur le chemin.

Ce matin-là, c'est un papillon blanc qui virevolte autour des genêts, j'en suis contrariée. Signe de pluie, dit-on. Ce n'est pas la pluie qui me tracasse, je vais par tous les temps, mais la pluie apportera la brume, je ne verrai pas les bateaux au loin. J'irai quand même. Ce sera une journée de perdue, je le sais mais j'irai, la pluie n'empêche pas l'attente. Et parfois survient une éclaircie qui dissipe le halo sur l'horizon.

Je suis seule, face à l'immense de l'océan, face à l'immense de mon amour absent, face à l'océan vide, face au trop-plein de mon cœur. Je marche, et je cherche ma place dans ma propre histoire.

Je grelotte, je m'apprête à rentrer, puis je me ravise, fais demi-tour, avance jusqu'à l'extrémité des rochers, jusqu'à me trouver à pic au-dessus du Trou du diable. Pas un pas de plus. C'est d'ici que je vois le mieux. Je ne distingue rien, mais j'ai cru entendre une sirène de bateau. Celui de Louis, peut-être. Sûrement. J'attends son passage, calcule mentalement dans combien de temps il sera au port. J'irai. Mais il n'y a aucun bateau, aucune sirène. Je me décide enfin à rentrer, presse le pas. J'essuie de la main la transpiration qui perle à la racine de mes cheveux et humecte mon front, cette odeur mêlée d'eau salée qu'Étienne guette sur moi, comme une réponse aux questions qu'il ne pose pas.

Étienne m'a offert un rouge à lèvres, il y a peu, une attention comme il en a parfois. Un tube noir et doré comme un bijou, lisse et brillant, d'où émerge un bâton couleur de sang, d'une forme parfaite. Désormais, je m'en pare le visage chaque matin, c'est une épaisseur supplémentaire qui me travestit, m'installe dans un rôle plein d'assurance et de dignité, qui me protège. Personne ne sait que lorsque je me retrouve seule, il m'arrive, face au miroir, de tracer de longs traits sur mon front, sur mes joues. Des peintures de guerre, de peine. Je me regarde fixement et me trouve enfin vraie, telle que je suis, folle, sauvage, désespérée.

Hier, dans la salle de bains, à la lumière du matin, j'ai regardé mes cheveux. Les fils blancs s'y sont multipliés, je n'y ai pas pris garde. Les premiers, je les avais arrachés, il y a longtemps, à la mort d'Yvon, pour que Louis ne trouve pas une vieille dame en rentrant le soir à la maison. Aujourd'hui il y en a trop, ils sont légers, parsemés, mais trop nombreux. Ils donnent une certaine douceur à mes traits, cela me surprend.

Mais cette masse foncée qui descend presque jusqu'au milieu de mon dos, je n'en veux plus. Plus de mon âge. En quelques coups de brosse je les ai lissés et je suis retournée à la chambre. Sur la commode, à côté d'un vêtement à reprendre, j'ai attrapé mes ciseaux de couturière, au tranchant affûté. D'une main, mes cheveux tenus en queue de cheval, ramenés d'un côté du visage. De l'autre, un claquement sec, un seul. J'ai ouvert la main, sans bruit, ils ont glissé au sol. Je les ai ramassés et jetés dans la corbeille de la salle de bains. La légèreté, soudain, au ras des épaules.

À l'épicerie, à la boucherie, au marché, je vais à reculons ; je crains les conversations, celles qui cessent dès que j'arrive, celles que les commerçants tentent d'amorcer ; ils essaient d'extraire de moi des bribes de vie dont ils pourront se repaître ensuite, en les répétant, les colportant, les transformant pour les faire durer le plus longtemps possible, comme un bonbon, une pastille que l'on suce jusqu'à la faire disparaître sous la langue et dont on garde le goût en bouche longtemps après. J'offre un visage soigné, toujours un peu maquillée, coiffure sage, manteau impeccable, écharpe impeccable, chaussures impeccables. Rien qui se remarque, ou s'affiche avec trop d'élégance, on m'accuserait d'arrogance mal placée, ou avec trop de négligence, on me tiendrait pour une souillon, une épouse indigne de son mari, de sa chance.

J'aimerais envoyer mon ombre à ma place, ou mon double, mais ce n'est pas possible, alors je viens moi-même, chair et os. Je m'applique à tâter les fruits, les légumes, à scruter la viande, à inspecter les fromages, à faire la moue devant un prix demandé, devant un poisson à l'œil terne. Je fais comme toutes font, comme si j'y jouais ma vie, et je rentre, épuisée, mon cœur bat fort, comme si j'avais transporté des rochers à bout de bras pour les déposer ailleurs. Si je ne fais pas ainsi, quoi qu'il m'en coûte, je me dis que je cesserai d'appartenir au cercle des vivants, de ceux qui me retiennent du côté d'une ligne invisible que je m'efforce de ne pas franchir. Pour rentrer rue des Écuyers, je fais toujours un détour, j'évite de passer devant cette mendiante sans âge, en haillons, avec de longs cheveux blancs emmêlés, celle qu'on appelle la folle du marché, ou la sorcière, qui chante tout le jour d'une voix de crécelle la même chanson, une histoire de bateau et de marins perdus. Les cris, les pleurs qui sont en elle ne parviennent pas à sortir, ils ne sont que de l'air et du silence enroué qui emplissent son corps tout entier, une marée sans reflux.

Dans la grande maison, en hâte, je prépare le repas. Étienne va remonter de l'officine, avec tout son quotidien à raconter, les clients qui demandent à payer plus tard, ceux qui veulent son avis sur une plaie, une douleur, qui attendent le remède qui leur éviterait d'aller chez le médecin. Il les écoute, donne ce qu'il peut, dit qu'il faut montrer ça au docteur Grange sans tarder, que ce n'est pas beau à voir, ça risque de s'infecter, ça peut mal tourner. Il s'inquiète. Toujours, à la fin du repas, il me remercie, et je ne sais pas pourquoi il me dit ça. J'ai déjà fait déjeuner

Gabriel et Jeanne, je garde ma fille tout près de moi, avec son assiette creuse en porcelaine, décorée d'une frise enfantine de girafes bleues, celle qu'elle réclame toujours, bien qu'elle en ait passé l'âge. Gabriel a déjà fini, il a entrepris la construction d'une tour avec sa boîte de Meccano, et peut-être la tour deviendra-t-elle garage, ou sous-marin.

Étienne a remis sa veste, il va redescendre. De ses lèvres il effleure mes cheveux, me murmure de faire attention à moi, il n'aime pas cette toux qui dure. J'acquiesce sans répondre et Jeanne va vers lui pour qu'il l'embrasse, en se mettant sur la pointe des pieds. Dans ces moments-là, quand j'ai à mes côtés la vie joyeuse, soyeuse de ma fille, je voudrais oublier la femme qui monte chaque matin sur la corniche au bout du chemin, celle qui passe devant le Trou du diable et fixe l'eau tourbillonnante en contrebas, celle qui redescend toujours à regret, toujours à la hâte, parce qu'il le faut. Parce que tout ce temps volé aux miens, je voudrais le leur rendre, et je voudrais qu'ils comprennent que je ne suis avec eux qu'une moitié de mère, une moitié aimante et mutilée. Étienne sait et ne dit rien. Je pense que mon regard lui rappelle à chaque instant la part qu'il porte dans cette histoire, c'est un couteau planté entre nous deux.

Je sais ma place ici, près des vies qui m'aiment, me réclament, avec leurs peaux tendres, les bras tendus, les fossettes et les boucles douces. Je me laisse faire, dans la douceur des fauteuils, des tapis, dans l'abondance du linge, de la vaisselle, des provisions bien rangées.

En même temps je suis là-bas, au bord de la falaise, dans le vent, dans la solitude, dans l'attente. En débarrassant la table en hâte, en posant les assiettes dans l'évier, je suis déjà ailleurs.

Quand je n'ai pas vu arriver de bateau pendant plusieurs jours, je descends jusqu'à la grève pour tromper mon attente. Je m'assieds sur un rocher, enlève mes chaussures, mes bas et avance vers l'eau en évitant de marcher sur les os de seiche d'un blanc immaculé et sur quelques méduses translucides, à moitié cachées par les algues, les brunes en lanières, les noires comme des griffes terminées par de petites vésicules rondes, les rouges en plumets et les vertes comme des salades effilochées. Je vois mes pieds tout blancs sur le sable humide couleur de pain d'épice, je ramasse quelques coquillages, des berniques vides roulées, lissées par l'eau, Louis les appelait des chapeaux chinois, il en emplissait ses poches, ramassait aussi les bois flottés, légers comme du liège. *Tu te rends compte, maman, ils viennent peut-être d'Amérique !* Dans sa chambre, il construisait de savants assemblages avec du fil à pêche, d'étranges et gracieux mobiles qu'il laissait descendre du plafond en les fixant avec une punaise, avant de me convier à admirer ses installations. Elles sont toujours là, dans sa chambre restée intacte. Fermée.

L'eau froide qui mord mes chevilles me rappelle à l'ordre, le bas de ma robe est déjà trempé. Je regagne le rocher et enfile mes bas, à grand-peine, ça accroche sur ma peau humide. Il est temps de rentrer à la grande maison. Demain, c'est l'anniversaire de Jeanne, je lui ai promis un gâteau, il me faudra m'arrêter reprendre des œufs. J'achèterai une ou deux poignées de bonbons, des gommes acidulées aux parfums d'orange et de citron, ses préférés, qu'elle partagera avec son frère dans des gestes de grande prêtresse. Étienne grondera un peu, à cause des caries, et puis Jeanne viendra lui en offrir un, à moitié fondu dans ses mains tenues dans son dos, avec la question rituelle, en chantonnant *main droite ou main gauche ?* Il engloutira la friandise gluante avec des mines extasiées. Et il ne parlera plus des caries.

Je n'ai jamais eu de bonbons, ni de gâteau d'anniversaire, ni de cadeaux d'aucune sorte pendant mon enfance. L'enfance, pour moi, c'est le lieu de la peur, de toutes les peurs. Des cris. Des gestes que je ne peux pas dire. De ce temps-là, je voudrais perdre la mémoire. Je me suis toujours promis de gâter mes enfants, plus tard, autant que je le pourrai. Étienne ne m'enlèvera jamais ça. C'est mon affaire. Je ferai un quatre-quarts, avec un bol de crème fouettée, vanillée, couleur d'ivoire clair, et tant que Jeanne et Gabriel seront là, autour de la table, à se réjouir, ni le chemin ni le Trou du diable ne m'emporteront. Pas encore.

Certains jours, quand Gabriel et Jeanne sont à l'école, avant que je ne parte sur le chemin, j'entre dans sa chambre et referme la porte. Je m'assieds sur le lit étroit, glisse mes pieds sous le gros édredon rouge en plumes et saisis le globe terrestre qui se trouve sur la table de nuit. Où se trouve Louis, aujourd'hui ? Je laisse errer mes doigts sur la surface arrondie. Depuis longtemps je connais le nom de toutes les mers du monde, des isthmes, des canaux, des passes, des détroits, des baies, des golfes. Je connais la dentelure des côtes, des îles et des archipels, la mer des Salomon, la mer de Corail, la mer d'Okhotsk, la mer de Béring, la mer de Tasman, le golfe d'Aden, la baie d'Hudson, la mer de Sibérie orientale, et je me dis que Louis est quelque part, que ces bateaux-là ne coulent pas et que leurs marins reviennent un jour. Avec précaution je repose le globe sur son trépied. À l'intérieur, il y a une ampoule, reliée à un fil électrique. Dans le noir, on peut continuer à faire le tour du monde. Pour moi, pourtant, le monde n'est pas rond, il est un simple fil, un fil dont je ne vois pas l'extrémité, jeté au-dessus du vide, sous un ciel bas, et j'ignore si chaque pas rapproche mon fils ou l'éloigne de moi. Je lisse l'édredon du plat de la main, replace l'oreiller et sors. Oui, ces bateaux-là reviennent un jour, j'en suis certaine.

Monsieur Louis Le Floch
en mer

Lorsque tu reviendras, mon fils, tout sera prêt pour ce moment, et je vais te raconter la suite de ce que je veux préparer pour toi. Nous aurons dévoré ce que nous offre la mer, nous aurons sacrifié le vivant pour nous en repaître ; maintenant je préparerai ce que nous donne la terre. Je ne sais pas en quelle saison tu descendras du bateau. Qu'importe, ce sera un jour béni. Je ferai avec ce que nous offrira la terre à ce moment-là.

Ce seront des légumes d'hiver et des conserves, pâles dans leurs pots de verre, ou de jeunes légumes de printemps. Tiens, comme j'aimerais te faire ce que j'appelais une jardinière, et ce nom te faisait rire, car tu croyais que je voulais faire cuire une dame tout entière, avec son tablier et son chapeau de paille, et j'avais toutes les peines à te rassurer ! Des oignons nouveaux, ces minuscules billes translucides, de tendres laitues, des carottes d'un orange très clair, de petites grenailles qu'on cuit avec la peau, des petits pois

127

sucrés, fondus dans le beurre, à peine pour qu'ils restent croquants, saupoudrés de fleur de sel. Ce sont des couleurs qui m'enchantent les yeux, je voudrais te les donner à voir, et c'est si joli sur la table, une fierté de cuisinière.

Si tu rentres l'été, je préparerai quantité de tomates, tu sais, les énormes, qui ne tenaient pas dans tes mains d'enfant, on les appelle cœurs-de-bœuf, et là aussi tu étais terrorisé, tu croyais que je courais les champs pour les voler aux bêtes ! Mais point de sang ni de viscères, ni de mort, là non plus, seulement une chair parfumée, d'un rouge clair. Je les disposerai ainsi, légèrement salées, comme une gourmandise. Tant pis si l'on me fait le reproche de servir des légumes crus et froids au milieu du repas, c'est mon plaisir, il m'importe seulement que ce soit aussi le tien.

Si c'est la belle saison, je cuirai des haricots verts, juste ce qu'il faut pour les garder bien vifs, après les avoir équeutés, avec ce petit bruit sec et mat, et le poids infime de leur arc souple qui tombe dans la bassine. Et comme cela ne remplira pas les ventres, je le sais, il y aura aussi des gratins de pommes de terre, des lamelles cuites dans le lait, presque sucrées. J'aime ce temps que je passe à préparer les légumes, laver, éplucher, trancher. C'est un travail humble, simple et long, où je me dois de calmer mon humeur et de rester attentive pour ne pas me blesser, c'est mon école de patience, que chaque jour m'invite à retrouver.

Ta mère, à t'attendre toujours

Ce matin-là, en avançant sur le sentier, je me penche et aperçois la plage en contrebas. Elle paraît noire, un nuage voile le soleil juste au-dessus de sa surface, au loin la houle gifle l'eau en faisant jaillir des crêtes d'écume. Je frissonne, visitée par un souvenir. Le jour de la baleine. Louis, la mer, les bateaux. Depuis toujours, depuis qu'il sait marcher, la mer, comme un champ magnétique. Ces jours qui décident de toute une vie. On les oublie, mais ils sont là, ballottés dans le grand désordre de la mémoire, dans cet entassement d'images et de sensations confuses, laissées au bord de l'oubli, ils demeurent intacts, et un jour on s'aperçoit qu'ils ont décidé de tout, à notre insu. Le jour de la baleine a pâli dans mes souvenirs, en un instant il retrouve ses couleurs originelles, comme si un pinceau ou un vent léger l'avaient en quelques instants débarrassé de toute sa poussière.

C'était en 1943, sur l'une des rares plages dont l'accès n'avait pas encore été interdit par l'armée d'occupation dans son entreprise de jalonner le littoral de bunkers, de blockhaus et de casemates. Le village s'était réveillé avec un cri. Celui d'une femme, déjà sur la plage pour ramasser le varech qu'elle chargeait sur sa brouette, suivie par son chien, un bâtard pelé, jaune et maigre, qui s'était mis à hurler, lui aussi. En quelques minutes, tout le village était là pour la voir. Elle. La baleine échouée dans la nuit, surgie du fond des océans, portée et laissée par la marée, le Léviathan dont parle toujours le curé. Morte. Épuisée, asphyxiée. Une montagne grise et flasque, encore brillante.

La ramasseuse de varech avait multiplié les signes de croix et les invocations au ciel, appelé la protection de la Vierge et d'une impressionnante quantité de saints. Puis devant l'immobilité de la bête elle s'était calmée. Le curé, accouru crucifix en main, avait cru bon de prononcer des paroles d'exorcisme en tournant autour de la masse inerte, à distance respectueuse, le bas de la soutane plein de sable. Puis la curiosité avait fait suite à la peur, à l'ahurissement, à l'incrédulité.

Des hommes s'étaient enhardis jusqu'à la toucher, certains s'étaient mis à l'escalader, hésitants, puis fiers, enhardis de leur propre audace. J'étais venue avec Louis, comme tout le monde. Très vite il m'avait lâché la main pour s'approcher du monstre qui ne semblait pas l'épouvanter. Devant les hommes qui commençaient à piquer sa chair à coups de fourche, par curiosité, ou pour se venger de la peur qu'ils avaient eue, je l'ai vu grimacer comme si c'était lui qu'on martyrisait. Et il est resté là, muet, saisi. Les jours suivants, les habitants avaient continué à s'attrouper autour du cadavre pourrissant malgré la pestilence de plus en plus intenable. Puis les soldats allemands avaient fait évacuer la plage. Aucun rassemblement, d'aucune sorte. Une délégation scientifique était arrivée sur place, d'étranges silhouettes en costumes et chapeaux noirs, masques en tissu devant le nez et la bouche. D'autres hommes les avaient rejoints, en blouses grises et en casquettes. Ils avaient planté des piquets autour de la dépouille et tendu des cordes pour tracer un périmètre de travail. Et ils avaient commencé la découpe. Je n'avais pas pu empêcher Louis de regarder, à distance, caché à plat ventre entre deux roches. Les hommes avaient peu à peu dégagé le squelette, commencé à nettoyer les os. Ils les avaient numérotés, reportés sur des croquis. La chair avait été brûlée, et le village avait été envahi d'une fumée épaisse, âcre, incommodante. Puis les hommes étaient repartis. La plage était devenue vierge, à nouveau. Louis m'avait dit qu'un jour il partirait sur les mers, là où vivent les baleines, pour les voir nager. J'avais souri de son sérieux d'enfant et j'avais caressé sa joue. Mes préoccupations étaient plus immédiates. Nous nourrir, nous chauffer. Survivre. J'avais fini par oublier la baleine et le regard déterminé de mon fils de neuf ans.

Je ne mesure plus le temps qui passe depuis son départ. Il y a peu, Jeanne est venue me trouver dans ma chambre, affolée, en larmes. Dans ses mains, elle tenait une serviette pleine de sang noir. Elle croyait qu'elle allait mourir. Je me suis sentie pâlir, puis je l'ai prise dans mes bras, l'ai rassurée, j'ai caressé ses cheveux, longuement, respiré sa peau. J'ai expliqué. Apaisé. Jeté le linge souillé et je lui ai donné le nécessaire. J'ai réalisé que Jeanne est presque aussi grande que moi. Que ses yeux ont les mêmes reflets que les miens, des points d'or et de noisette dans le vert de l'iris. J'ai souri, même si j'espère que ma fille ne me ressemble pas trop, de l'intérieur.

Les saisons passent, reviennent en un immuable cercle. C'est l'été que j'aime par-dessus tout, pour l'abondance de la vie, le miracle de l'eau, de l'air et de la sève, pour la gaieté des couleurs, les seules qui animent mon existence. Le printemps n'est qu'une attente, une espérance, une impatience, et l'automne un déchirement, celui de ne pouvoir retenir la belle saison qui se termine, la lumière qui diminue, les jours qui tombent trop tôt dans la nuit. L'hiver est une blessure, une plaie, un tourment, avivé par cette mauvaise toux dont je n'arrive pas à me débarrasser et que je néglige de soigner, malgré l'insistance d'Étienne, malgré les ordonnances du docteur Grange. Sur le chemin, l'hiver appelle le gris, la brume, le froid, la peine, les vents qui sifflent et coupent le souffle, qui entrent dans mon cou entre les épaisseurs de vêtements, à l'affût du moindre interstice qui leur permettra de glacer mon corps tout entier.

Les cheveux d'Étienne ont blanchi, eux aussi. Je m'en suis aperçue un matin, alors que nous étions côte à côte dans la lumière froide de la salle de bains, elle éclaire sans pitié nos corps, nos chairs blanches que nous apprêtons de notre mieux pour affronter le jour. Je le lui ai fait remarquer. Je lui ai dit aussi que ça lui allait bien. Surpris, il s'est interrompu, des traces de savon de rasage encore accrochées à son visage, et il m'a dit *tu trouves ?* en me souriant avec douceur. J'ai avancé la main vers sa joue et l'ai posée à plat sur sa peau humide. Il n'a plus l'habitude de ce geste. Il a laissé sa serviette sur le lavabo et il a maintenu ma main sur sa joue, comme pour en garder la chaleur, pour prolonger ce moment qui nous a pris au dépourvu et nous a troublés. Puis il a retourné ma main et il a embrassé la paume tiède, puis l'intérieur de mon poignet, là où battent des veines bleues. C'est moi qui me suis rapprochée de lui, j'ai abandonné ma tête sur son épaule, mes cheveux mouillés dessinaient sur son torse des filaments sombres et sinueux, d'où s'échappaient des gouttes d'eau qui allaient se perdre sur sa peau. Puis j'ai reculé et j'ai terminé de me préparer, ma combinaison en nylon, mes bas clairs, ma robe bleu marine, avec une ceinture et des boutons blancs, et la broche en perles, cadeau d'Étienne avant notre mariage.

Parfois, je me rends à la petite chapelle de granit, toujours déserte, construite face à la mer, sur la falaise. Celle où les bateaux tombent du ciel, des bateaux en bois peint, avec des coques colorées, des mâts et des voiles en vrai tissu, en toile bise, ils semblent voguer dans les airs. Celle où le souffle, la trace, l'écho des prières murmurées ont pénétré la pierre des murs. Là où les corps, les vêtements ont poli le bois des bancs, là où les bouches et les âmes ont murmuré *ayez pitié, Seigneur, ayez pitié de nous*. Mais la mer n'a jamais pitié. Pas plus que les hommes. De cela, je suis certaine. On l'apprend vite, ici. On l'éprouve, aussi. Comme ce jour-là.

C'est la mère Le Goascoz qui était venue me prévenir. Elle avait couru, du plus vite qu'elle avait pu, les quelques centaines de mètres qui nous séparaient, embarrassée par sa grande taille, par son poids, par ses mauvaises chaussures, par sa vieille robe noire trop étroite, mais elle avait couru. *Madame Le Floch, il faut que vous descendiez au port, tout de suite. Allez-y. Je vais prendre Louis avec moi.* Puis elle avait lâché,

135

dans un souffle, *il est arrivé malheur*. Elle n'avait pas voulu dire ces derniers mots, elle avait hésité, en regardant mon fils du coin de l'œil, puis elle les avait prononcés, comme s'ils étaient trop grands, trop lourds pour elle, comme s'il fallait, à l'instant même, qu'elle s'en libère et que je me prépare à ce que j'allais apprendre par d'autres.

Sans répondre, j'avais coupé le feu sous la poêle, essuyé mes mains et jeté mon tablier sur une chaise, j'avais enfilé mon manteau et tendu le sien à Louis. Il avait rassemblé ses livres et ses cahiers et il nous avait suivies. Déjà, je m'étais mise à courir, les pensées et les vêtements en désordre. Pour gagner du temps j'avais pris le raccourci escarpé et boueux qui descendait au port de pêche, en me retenant comme je le pouvais aux pierres et aux branches pour ne pas glisser.

Un attroupement. Des dizaines de silhouettes, de dos, et dès qu'on m'a vue arriver, chacun s'est écarté pour me laisser passer, en une sinistre haie d'honneur. Toujours, les soldats allemands qui surveillent, arme à l'épaule, prêts à intervenir. La *Marie-Annick* sur laquelle travaille Yvon n'est pas à quai. Seule la *Reine-des-Flots* est là ; elles étaient parties ensemble ce matin, à la marée. Son équipage est à terre, les trois marins parlent en faisant de grands gestes et en montrant le ciel. Je me suis approchée et c'est de l'horreur que j'ai lue dans leurs yeux, dans leurs mouvements saccadés, dans leurs voix qui peinaient à raconter ce que personne ne pouvait imaginer. Lorsque je suis arrivée près d'eux, tout le monde a fait silence. Marie, la femme de Michel, et Rose, la mère de Yann, tous deux embarqués avec Yvon, sont arrivées à leur tour, échevelées, essoufflées, mais sur le moment je n'ai pas remarqué leur présence. Marc, le mécanicien de la *Reine-des-Flots*, s'est avancé. Il bégayait, il tremblait. Dans le brouhaha, j'ai compris l'essentiel. La *Marie-Annick*. Bombardée. Aviation anglaise. Coulée à pic. Rien retrouvé. Coups de semonce dans l'eau autour de la *Reine-des-Flots*, rafales de mitrailleuse, passage en rase-mottes, repartis sans attaquer. Sommes rentrés aussitôt. Aucun doute. Cocarde rouge au centre, blanche et bleue.

Je n'avais pas bougé. J'ai entendu la voix qui disait mon malheur. Derrière moi, les deux femmes s'étaient mises à hurler. Je ne parvenais pas à parler, puis j'ai commencé à voir flou, tout semblait s'éloigner, danser. On m'a soutenue, on m'a portée, on m'a étendue à demi, un peu à l'abri, on a appuyé mes épaules contre un mur. Je n'ai vu ni le maire, ni la police, ni les soldats qui commençaient à disperser le rassemblement. Les rescapés tremblaient, d'être vivants, encore.

Au cours des heures qui ont suivi l'annonce du drame, les choses se sont éclaircies, mais pour moi, elles demeureront obscures, à jamais. Je ne pouvais croire ce que j'entendais, encore moins le comprendre.

C'est la Royal Air Force qui avait bombardé le chalutier. Pour les Anglais, depuis le début de la guerre, depuis qu'en juin 1940 les Allemands étaient arrivés jusqu'en Bretagne, l'objectif était simple : il ne fallait pas nourrir l'ennemi. Alors, plus de pêche, ou si peu, pour affamer l'armée d'occupation. À tout prix. Londres y veillait, Churchill s'était montré intraitable. Intérêt supérieur des nations, entendons-nous. Les restrictions, les interdictions pleuvaient sur les bateaux de pêche. Puis les avertissements, les intimidations, les menaces. Les sommations. Les tirs. Les bombes. Les mouillages de mines par les sous-marins. La guerre. Les visions stratégiques supérieures s'accommodaient des dommages collatéraux, c'est-à-dire de nos vies ; c'était le prix de la victoire, une marche irrésistible que rien ne devait entraver. Les moyens de neutraliser l'ennemi ne se négocient pas, nous entendions cela sans cesse. Si la pêche, les conserveries nourrissaient les populations civiles, elles contribuaient aussi, par les réquisitions, à ravitailler l'armée allemande sur place. Pas question. À Londres, Churchill avait promis du sang, de la peine, de la sueur et des larmes. À Montoire, la France avait perdu son honneur. À ce moment-là, le gouvernement du déshonneur, installé à Vichy, avait désigné les Anglais comme ennemis.

J'entendais tout cela, mais je ne pouvais comprendre pourquoi, ce 5 octobre 1943, l'aviation anglaise avait coulé le chalutier d'Yvon, je ne comprenais pas ce qui se passait, sinon que les magasins, les marchés étaient vides et que tout était devenu rare et cher, qu'il fallait économiser, stocker, restreindre, calculer, troquer. Se priver. De tout. Les soldats allemands contrôlaient le territoire, les routes, les transports, réquisitionnaient l'essence et les voitures, et il n'y avait rien à dire si on tenait à sa peau.

À ma douleur s'ajoutaient la peur, la colère, l'impuissance, l'incompréhension. On m'avait dit que je recevrais une pension, que j'étais jeune, qu'ici chacun me connaissait, comme on connaissait Yvon, que c'était un malheur, mais que la vie devait continuer, que je devais penser à Louis, qu'il devrait se montrer digne de son père. J'avais signé des papiers à la mairie, on m'avait expliqué que la nation allait s'occuper de moi, de mon fils, désormais, et je n'étais pas certaine que ce soit vrai.

La mer n'a jamais rendu les corps des trois marins. Il m'a fallu m'habituer à devenir une veuve, à me glisser le matin dans la robe que j'avais teinte en noir, m'habituer à un deuil sans corps, sans autre preuve que l'absence, sans rien pour déposer mes larmes. Il y a eu une cérémonie, à l'église, pour les âmes de l'équipage, un office sans cercueils, sans rien. J'avais gardé les yeux baissés sous mon voile noir, sans rien voir autour de moi, parmi les autres veuves aux voiles et aux robes identiques, au chagrin identique.

Il y avait eu une plaque en marbre blanc gravée, scellée entre deux statues de saints en plâtre peint, mains ouvertes et yeux levés vers le ciel, avec les noms des victimes, celui de leur bateau et quelques dates. Étienne y avait assisté comme tout le monde, il n'avait pas osé se manifester, m'a-t-il dit plus tard, lorsqu'il s'était trouvé devant moi à la sortie, entre les piliers de granit rugueux et les bénitiers pleins d'eau froide. Je ne l'avais pas vu. J'étais vite rentrée à la maison, en tenant Louis par la main, qui ne pleurait pas, qui se tenait droit, avec son caban en laine foncée, trop petit, et son béret. Jour après jour, j'ai dû m'habituer à un lit froid, à une assiette en moins sur la table, à une voix bourrue, aux mots parcimonieux, que je n'entendrais plus, à des mains sèches sur mes reins, à son souffle dans mon cou, à un regard que je ne croiserais plus, sauf dans les yeux de mon fils. Quelques jours plus tard, je prenais le car pour aller travailler à la ville, avec mon panier pour ranger mon repas et ma blouse de travail. J'ignorais qu'Étienne avait commencé à compter les jours.

Sur le chemin qui me conduit à la petite maison, derrière chaque fenêtre, derrière chaque rideau de dentelle blanche, je sais les regards quand je passe. Je sais les doigts qui écartent le pan de tissu, l'immobilisent quelques instants et le laissent retomber.

Aux Le Goascoz, j'ai acheté du bois, l'automne dernier. Le fils m'a livré quelques brouettes de bûches, mais ça ne me fera pas l'hiver. Le garçon a pris les billets sans un mot, les a enfouis dans une poche de son caban déchiré, il a remis sa casquette sur ses cheveux mal coupés, et il est parti en hâte. Si je croise quelqu'un, je salue, comme si de rien n'était, comme s'il était normal que la veuve Le Floch rejoigne chaque après-midi, ou presque, son ancienne cahute et y passe seule des heures entières. Ici, on me laisse vivre.

Au village, je ne regarde plus autour de moi, la morsure des regards qui s'abattent sur ma nuque est douloureuse. Je feins l'indifférence. On me croit arrogante. Quand les villageois parlent de moi, ils haussent les épaules. Pour quelques-uns, très rares, je suis restée celle qui a perdu son mari, mais je ne suis pas la seule.

Et celle dont le fils est parti. Et ils ne disent rien d'autre, les lèvres se referment et les regards se détournent. On n'aime plus trop parler de tout ça, maintenant que la guerre est finie depuis longtemps, maintenant que mes autres enfants ont presque l'âge de Louis lorsqu'il n'est pas rentré, ce soir d'avril. Il ne faut pas insister, parce que ça pourrait se transmettre, les chagrins, rien qu'en les évoquant. Et avec la mer, on n'est jamais tranquille.

De part et d'autre de la porte de ma maison, je soigne les quelques hortensias qui persistent à fleurir, et aussi le camélia rouge qui fait buisson sur le mur de pierres sèches. Je coupe ce qui est fané, je taille le bois mort, j'aère la terre au pied, je replace les gros galets ronds qui délimitent leur aire. Je soigne la vie, comme je peux.

Je respire, dans l'air lacéré par le cri obsédant des mouettes, puis je rentre à l'intérieur et personne ne sait plus rien de moi. Derrière le seuil, je laisse des chaussures et un tablier fatigué, puis avant de repartir je remets mes fines bottines bien cirées, et je me hâte. Il est temps pour moi de claquer les volets bleus, de les accrocher solidement et de refermer la porte. Un soir où j'étais restée jusqu'à la nuit tombée, le fils Le Goascoz était venu frapper au carreau, et il m'avait raccompagnée jusqu'au grand calvaire, la casquette à la main. Je n'avais pas eu le temps de le remercier, il était déjà parti.

L'hiver a été froid, il a décliné toutes ses nuances de pluie, toutes ses brumes. Je tousse, des rougeurs sont apparues sur ma gorge, sur mes joues. Et ça passe. Gabriel a pris une voix étrange depuis peu. Une voix qu'il ne peut contrôler, avec des embardées vers les aigus et des plongées dans les graves. Il mue, ça l'embarrasse beaucoup. Il a aussi les expressions de son père, il en a le calme, l'attention portée à toute chose.

Je ne cesse d'acheter ou de coudre des vêtements pour son corps qui paraît s'allonger un peu plus chaque jour, s'étendre, sans donner l'impression de vouloir s'arrêter. Parfois, je frappe à la porte de sa chambre, le soir, quand il est tard et que je vois de la lumière filtrer sous la porte. *Il faut dormir, maintenant, Gabriel.* Je le trouve au milieu de ses livres, de ses cahiers. Je m'approche du dossier de la chaise et dépose un baiser sur ses cheveux que j'ébouriffe l'instant d'après, pour le plaisir de le voir secouer la tête et protester. Je range quelques affaires, un vêtement que je plie et pose sur la commode. Tout va dormir en paix, ici, sauf moi.

Car toujours les mères courent, courent et s'inquiètent, de tout, d'un front chaud, d'un toussotement, d'une pâleur, d'une chute, d'un sommeil agité, d'une fatigue, d'un pleur, d'une plainte, d'un chagrin. Elles s'inquiètent dans leur cœur pendant qu'elles accomplissent tout ce que le quotidien réclame, exige, et ne cède jamais. Elles se hâtent et se démultiplient, présentes à tout, à tous, tandis qu'une voix intérieure qu'elles tentent de tenir à distance, de museler, leur souffle que jamais elles ne cesseront de se tourmenter pour l'enfant un jour sorti de leur flanc.

Chaque jour je me demande pourquoi. Pourquoi Louis n'a pas laissé un mot, pourquoi il a décidé de partir en me laissant l'absence et le silence pour seul souvenir. Je voudrais comprendre pourquoi il me laisse dans la peine, dans l'ignorance, dans l'attente. Pourquoi il m'empêche de vivre, en réduisant mon existence au guet des bateaux qui arrivent, à cet espoir que je dois chaque jour inventer, à la force que je dois trouver en moi pour sortir par tous les temps, par tous les vents, pour faire semblant de vivre.

Parfois, en arrivant à la petite maison, je trouve un paquet devant la porte, enveloppé de toile cirée. Dans une assiette recouverte d'un torchon propre, une part de tarte, ou de flan. Je ne sais pas toujours à qui je dois ce signe muet de compassion, mais c'est une autre vie, ici. En partant, lorsque l'humidité tombe, je repose l'assiette lavée, le torchon plié dans la toile cirée imprimée d'ancres de marine. Au soir, je serre mon châle autour de mes épaules et presse le pas. Au-dessus de l'océan, derrière moi, le ciel est rouge.

Comme son père, Louis est un garçon qu'on ne retient pas à terre. Tous deux partis, sans au revoir possible, partis avec la mer. Pas comme Étienne qui ne connaît rien à tout ça, aux vents, aux marées, au goût du sel qui dessèche la peau, aux grains menaçants et aux soudaines embellies, au ventre qui se tord quand un mari, un frère, un père, un fils, embarque. À la joie, quand ils rentrent. Il ne peut pas comprendre ce que j'éprouve.

Étienne déchiffre et explique les ordonnances, il écoute avec patience la description de maux variés, prodigue quelques conseils, rien que du bon sens, et on l'estime, ici, parce que justement il écoute sans jamais montrer d'impatience. Jamais il ne paraît las, indifférent à toutes ces manifestations des corps qui renâclent, fatiguent, souffrent, lâchent. Quand un malade ne comprend pas l'ordonnance, Étienne note sur la boîte ce qu'il faut prendre, comment, en quelle quantité, à quelle heure. Je lui suis reconnaissante de ses qualités. J'ai épousé un homme bon, en paix avec lui-même, sans chimères, sans ombres obstinées qui s'agitent, sans fantômes. Bien sûr, il y a Louis. C'est une autre histoire.

J'aimerais parfois ressembler à Étienne, je ne comprends pas pourquoi il ne me fuit pas, alors que je lui gâche la vie, que je n'étais pas faite pour lui, moi qui ai si peu de talent pour la conversation, pour arranger une maison, qui n'aime ni recevoir ni me montrer. Et parfois je surprends son regard posé sur moi avec une attention, une douceur, une inquiétude qui m'émeuvent toujours. Quand il m'étreint, au sombre de la grande chambre, il s'empare de moi comme un affamé, et je me laisse emporter dans cette houle qui m'emmène loin de moi et m'abandonne essoufflée, cheveux défaits, bouche sèche, et qui m'enivre comme un vin trop lourd.

Monsieur Louis Le Floch
en mer

*Lorsque tu reviendras, ce sera une délivrance.
Oui, je serai délivrée, de tout, et heureuse, même
si ce mot m'effraie à prononcer tant il est absolu.
Oui, je serai heureuse, il faut dire les choses telles
qu'on les ressent. J'aurai à cœur de poursuivre
ce repas de mon mieux, même si nous serons
repus, rassasiés depuis longtemps.*

*Je présenterai alors ce que nous offrent les
bêtes, sans qu'on les égorge pour se repaître de
leur chair. Leur lait. Ce seront des fromages, tous
ceux que je pourrai trouver, je rapporterai tout
ce qui pourra tenir dans mes paniers, dans mes
sacs, il y aura là une profusion qui, je l'espère,
te contentera. Sur la table, ce seront des nuances
de blanc, de crème, de jaune pâle, d'orangé, de
gris cendré, car j'aime à réjouir les yeux autant
que le ventre.*

À côté, pour ceux qui le voudront, je préparerai des salades de saison, elles seront tendres ou un peu amères, nous verrons. J'ai toujours aimé ce vert vif, joyeux, insouciant, cette couleur de jouets d'enfant.

Je poserai sur la table une corbeille de noix, où l'on puisera si on le désire. J'aurai acheté le meilleur pain, du pain blanc. Que nul ne manque de quoi que ce soit.

Je n'ai pas parlé de ce qu'on boira, mais sache qu'il y aura aussi plus que le nécessaire, et que les vins qui circuleront seront accordés aux mets. Je ne rêve pas d'une beuverie, avec les visages et les propos qui s'enflamment, rarement pour le meilleur. Ceux qui voudront l'ivresse l'auront, ce n'est pas à moi de mesurer les quantités versées à chacun. Tu sais, ton arrivée sera un miracle, je voudrai rendre à tous ce cadeau et rien ne sera en trop pour cela. La vie mérite qu'on lui rende grâce sans compter lorsqu'elle comble nos cœurs.

Ta mère

Ce matin-là, en dépliant ma serviette au petit déjeuner, au milieu des tasses et des confitures, j'ai découvert une enveloppe. Je me suis étonnée, puis je l'ai ouverte sous le regard d'Étienne. Deux billets de train. Paris, aller-retour. Départ après-demain. Retour quatre jours plus tard. Et une réservation d'hôtel, trois nuits, près de la gare Montparnasse, hôtel de l'Atlantique, écrit en élégantes lettres cursives, avec de grandes majuscules qui s'enlacent sur le papier, et trois petites étoiles dorées accolées. Je l'ai regardé sans comprendre. Il m'a souri. *C'est notre anniversaire de mariage, Anne.* Je l'ai regardé, toujours avec incrédulité. D'un geste machinal, j'ai tourné mon alliance autour de mon doigt, mon alliance en or blanc incrustée de minus-cules brillants, celle de notre dixième anniver-saire de mariage ; j'ai maigri, elle flotte, je me suis promis de la faire réduire à la bonne taille, un jour ou l'autre. Puis je me suis ressaisie, j'ai souri, remercié d'un battement de paupières, et ma main a rejoint celle de mon mari de l'autre côté de la table.

En moi, c'est la peur. La panique. Celle de partir d'ici, de me perdre, celle de manquer les bateaux qui vont arriver, de manquer le retour de Louis. Alors j'ai cherché à gagner du temps, j'ai prétexté que je n'avais rien de convenable à me mettre, que je n'aurai l'air de rien, qu'il aura honte de moi. Rien à faire. Il m'a priée d'accepter, dans la matinée, la livraison de la couturière. Elle viendra avec deux robes, un tailleur, un manteau, ce qui se fait de mieux en ce moment, un lainage ample, chaud et léger, bleu nuit profond avec un col en fourrure, dit-il, je n'aurai plus qu'à passer choisir moi-même un chapeau. *Je t'aime, Anne, c'est toi qui seras la plus belle.* Déjà il a enfilé sa veste, passe la porte, l'officine le requiert. Je me demande pourquoi il m'aime tant, et ce qu'il peut bien trouver à une femme comme moi, habitée d'absents, cousue d'attentes, de cauchemars et de désirs impossibles. J'ai soupiré. Peut-être ne trouve-t-il rien en moi, rien qui se réduise à des défauts ou des qualités, mais seulement l'amour, l'inexplicable tremblement pour une inexplicable lueur. Ce que moi aussi j'ai trouvé en lui.

Puis j'ai voulu préparer notre valise. Nous n'en avons qu'une, lourde et rigide, et je m'aperçois que je n'ai aucune idée de ce qu'il faut mettre dedans. Au soir, Étienne m'a retrouvée assise à terre à côté de la valise ouverte, vide, près d'un amoncellement de vêtements froissés jetés en vrac sur le lit.

D'un geste sûr, il a choisi le change nécessaire, les vêtements de nuit, les chaussures, les affaires de toilette. Les fermetures métalliques ont claqué, c'était terminé. *Tu vois, ce n'était pas bien difficile.* Il y a trop de gaieté dans sa voix, nous le savons tous deux, mais à quoi bon sans cesse se pencher sur les gouffres ? Des deux mains, il m'a aidée à me relever, à lisser ma jupe. Il m'a dit qu'il s'étonnait de me trouver si légère, si petite à côté de lui, sans mes talons.

La gare me terrifie, la foule me terrifie, le train me terrifie. Trop de bruit, trop de monde. Trop d'inconnu. Trop d'heures enfermées dans un wagon qui tremble, avec la vibration incessante des vitres, avec le paysage qui se résume à une image mouvante dont je ne peux rien saisir. Une seule pensée m'aide à rester calme. Un train, c'est une sorte de bateau, on y reste le temps du voyage, de la traversée, et ça tangue, ça roule, ça grince, ça gémit ; ce sont les mêmes sensations que Louis éprouve en ce moment sur une des mers du globe, et de cette façon-là je me sens plus près de lui encore.

En sortant de la gare Montparnasse, intimidée par la foule, je me suis accrochée au bras d'Étienne pour ne pas me perdre. Le hall de l'hôtel, avec sa porte tournante, ses cuivres, ses velours grenat, son ascenseur grillagé en bois verni, ses tapis tout le long des couloirs, tout m'est étranger. Ma vie m'apparaît alors comme un fragile balancier, le chemin et les deux maisons, et je ne connais rien d'autre du monde. Je me suis demandé où je me trouvais, si loin de tout ce qui dessine les contours de mon univers.

Étienne paraissait comblé. Il est chez lui ici, dans sa façon négligente de glisser un pourboire dans la main du garçon d'étage qui porte notre valise, dans sa façon de se mettre aussitôt à l'aise dans la chambre, d'inspecter la salle de bains, de jeter sa veste sur le fauteuil, de vérifier le confort de la literie, la présence d'oreillers supplémentaires dans les placards. Je découvrais un homme qui connaît le monde, les grandes villes. Il y a été étudiant, il y a travaillé avant de venir prendre la suite de son père. Je me dis qu'il ne souhaitait peut-être pas ce retour, après tout. Il était revenu assurer la relève, en fils loyal, sans enthousiasme, dans cet obscur village de province aux vies étriquées et aux regards envieux. Que savais-je de lui, finalement ? De toute sa vie avant moi ? J'ai cherché où ranger ma robe et mon tailleur, mon linge de corps, mes affaires de nuit, je me sentais gênée à la pensée qu'une inconnue viendrait faire le ménage, toucher nos affaires et découvrir notre intimité. Je n'osais pas ouvrir les penderies qui contenaient peut-être des traces d'autres vies, des choses qui ne me regardaient pas, que je ne voulais pas connaître.

J'ai retiré mes chaussures et tiré le verrou du cabinet de toilette pour me rafraîchir. *Quand tu es prête, on y va, le taxi nous prend dans une demi-heure.*

J'avais oublié ma brosse à cheveux dans un sac, je suis ressortie en combinaison de satin bleu marine, avec les fines bretelles qui mordent la peau des épaules, les bas accrochés à mi-cuisse. Il m'a regardée et désirée, là, telle que j'étais, avec ce grain de beauté entre mes seins, mes épaules larges, et il m'a dit que pour rien au monde il ne souhaiterait une autre femme auprès de lui. J'attends depuis si longtemps qu'il me parle, qu'il me parle de Louis. De tout ce qui s'est passé. Peut-être va-t-il y arriver, loin de notre décor, loin de la maison de granit et d'ardoise, loin de Gabriel et de Jeanne, loin des ordonnances du docteur Grange. Juste nous deux, dans cette chambre éphémère, vierge de souvenirs, dans nos regards, dans notre nudité.

À l'arrière du taxi, Étienne me montre Paris. Je m'étonne de cette étendue qui n'en finit pas, d'une ville traversée par un fleuve aux eaux dormantes et opaques, enjambé par d'innombrables ponts. Les passants, les avenues, les monuments, les rues, les magasins, tout tourne dans ma tête en un magma de pierre blanche, de dorures et de zinc. Je me laisse porter, égarer, fondre. Je n'ai pas assez d'yeux pour tout voir, tout absorber, tout avaler, tout retenir. Je me demande à quoi ressemble la vie des silhouettes entrevues, comment elles retrouvent leur chemin, où elles font leurs courses, où elles emmènent leurs enfants à l'école, oui, et aussi comment elles font, sans le mouvement des marées pour lessiver le ciel, sans le vent pour décrasser l'air, comment elles vivent avec le regard arrêté par les verticales des murs et des façades.

Puis nous avons marché, et je ne comprenais pas pourquoi j'avais si mal aux jambes, aux pieds, pourquoi la tête me tournait et pourquoi je respirais avec peine. Étienne m'a prise en photo. À l'Arc de Triomphe, au Sacré-Cœur, aux Invalides, à l'Opéra, à une terrasse de café. Je me suis laissé faire, attentive à fixer l'objectif. C'est moi qui ai tenté de le photographier ensuite, de me débrouiller avec l'étui de l'appareil, avec la lanière de cuir, l'objectif, le déclencheur, et à son tour, il a pris la pose, l'air sérieux. En le regardant dans le viseur, rétréci, dans un décor qui me paraissait minuscule, comme déjà en noir et blanc, je me suis dit que c'étaient les couleurs qui me manquaient ici, celles, insaisissables, de l'océan et de la lande, et celles des genêts, des hortensias et des camélias. Je n'aimerais pas vivre dans cette absence de couleurs.

Au restaurant, j'ai laissé Étienne me conseiller, commander pour moi, me faire découvrir ce que je pourrais aimer. Je ne connais rien à ces nourritures. C'est une blanquette crémeuse, un curry d'agneau, un mille-feuille craquant ou une Pavlova neigeuse, c'est un sorbet au citron et tant d'autres choses qui me déconcertent et me ravissent. Il s'enquiert de moi à chaque instant, il veut savoir si j'ai trop froid, trop chaud, il me fait goûter les plats qu'il a demandés pour lui-même, comme on ferait pour un enfant. Il commande avec assurance, renvoie une viande trop ou pas assez cuite, et je regarde l'homme en face de moi, familier et inconnu avec ses mèches grises et son regard sombre, profond, qui ne se détache pas de moi un seul instant.

Au milieu de la nuit, il cherche mes hanches, le tiède de mon ventre. Il perçoit ma tension, celle de mes jambes, de mes bras, de mes épaules. Il cherche ma main et la pose sur ma poitrine.

Pardon pour Louis.

Les mots ont été dits dans le silence de la chambre, au ras du souffle, à peine plus fort qu'un murmure. Je l'ai laissé dégager mes cheveux de mon front, caresser ma joue, avec maladresse. À mon tour j'ai posé ma main sur la sienne. Il l'a dit. J'ai entendu. J'ai entendu mais ça ne change rien. Ça ne m'empêchera pas d'aller attendre tous les jours, de tousser l'hiver, de suffoquer en été et d'attendre encore. Puis j'ai fini par m'endormir, les mots d'Étienne posés sur moi.

Ce monde bruissant, tout autour de moi. Je le regarde comme un décor de théâtre, à peine plus réel que celui de la pièce que nous sommes allés voir la veille. Les gens riaient, ils avaient l'air d'être chez eux, dans cette salle arrondie, toute de velours et de dorures, ils avaient l'air de comprendre ce qui se passait sur scène, de connaître les acteurs, applaudis dès leur entrée. Étienne riait, comme je ne l'avais jamais entendu rire. Était-ce ma faute s'il ne riait jamais ainsi ? Je découvrais son rire, les plis autour de ses yeux, les soubresauts de son corps, et tout cela m'était inconnu. Je me sentais comme une statue au milieu des programmes agités en éventails, des robes sombres des femmes et des chemises blanches des hommes.

Une mouette loin de son aire, c'est ainsi que je me voyais, un oiseau égaré qui ne connaît rien d'autre que son monde. Les acteurs sont venus saluer, ensemble, en rang, main dans la main, puis les uns après les autres, épuisés et souriants, bras largement ouverts, main sur le cœur, parfois élégante révérence pour les femmes, genou fléchi, une jambe en arrière, dans un crescendo d'applaudissements et de bravos.

La fraîcheur des boulevards éloignait déjà de moi cette énigme à laquelle je venais d'assister. À mes côtés, Étienne exultait, citait les noms des acteurs, commentait une scène, redisait une tirade, un trait d'esprit, et il me serrait fort contre lui, heureux de ce qu'il croyait partagé.

J'avais été éblouie par la rosace de Notre-Dame, par ce vertige bleu dont je n'avais pu détacher mon regard, j'avais été fascinée par les gargouilles que j'avais trouvées plus attendrissantes qu'effrayantes, figées dans leur songe de pierre depuis des siècles. J'avais aimé le Génie ailé de la Bastille, en équilibre sur un pied entre ciel et terre, et aussi les passerelles métalliques du canal Saint-Martin, moins intimidantes que les ponts de pierre avec leurs colonnes, leurs lampadaires et leurs statues aux yeux morts.

Le soir, à l'hôtel, je m'endormais comme on tombe, comme un enfant épuisé, bercée par la rumeur assourdie de la ville, comme un souvenir d'océan. Au matin, Étienne avait fait servir le petit déjeuner dans notre chambre, un luxe dont je n'avais jamais soupçonné l'existence. J'avais regardé, incrédule, le garçon d'étage en veste blanche et cravate noire, le visage encore irrité des traces de rasage, poser le plateau sur la table basse en évitant de regarder du côté du lit avant de se retirer comme une ombre. Étienne avait empoigné la cafetière brûlante en argent poli, et m'avait apporté la tasse de porcelaine fine marquée du nom de l'hôtel, accompagnée d'un croissant. Puis il m'avait rejointe et m'avait montré, sur un plan étalé parmi les replis des couvertures, ce qu'il voulait me faire visiter.

Je l'ai écouté distraitement, en souriant. Pour moi, tout serait découverte, puis oubli. Lorsque je me suis levée, j'ai voulu enlever les miettes retenues dans les draps ; il m'a pris les mains avec douceur, *laisse, ce n'est pas à toi de faire ça.* En sortant de la salle de bains à son tour, il a remarqué les draps et les couvertures retournés avec soin au pied du lit et les miettes, disparues. Il n'a rien dit.

Dans les grands magasins, dans la cohue, le débordement des marchandises, la surabondance des matières, des couleurs, des textures, des formes, des modèles, dans l'illimité des tentations, j'ai choisi des cadeaux pour Gabriel et Jeanne, des choses utiles, écharpes, jolis gants, portefeuille en cuir grainé, et une boîte à bijoux en laque rouge. Pour moi, un chapeau, encore, parce que Étienne trouve que ça me va bien, et deux chemisiers. Tous les objets ont été emballés dans du papier de soie, fin et crissant, puis dans du papier cadeau imprimé, plié, replié, contreplié, ficelé à son tour dans un tourbillon de rubans, et enfin glissés dans un grand sac cartonné et accompagnés d'un sourire mécanique de la vendeuse. Je me suis dit que lorsque je n'avais pas envie de sourire, je ne souriais pas, et je n'enviais pas ces femmes fardées aux expressions figées.

Demain soir, je serai chez moi, dans le présent qui est le mien, dans ses limites. Ce sera moins riche, moins flamboyant, moins bousculé, c'est un réel où je vais retrouver mon souffle, mes ciels du matin et du soir, mes grains et mes horizons. Mes bateaux.

Je me souviendrai de la démarche lasse de la femme d'étage, à l'hôtel, savates et bas filés, les bras chargés des draps sales des clients, de cette jeune femme trop mince, trop pâle, qui recompte sa monnaie devant l'arrêt d'autobus, et aussi du soleil qui incendie le dôme des Invalides, et du bistrot près de l'Opéra où j'ai bu le meilleur chocolat de ma vie. Le monde me reste un mystère.

Au cours de notre dernière promenade, dans la rue des Saints-Pères où nous nous trouvons à passer, je m'arrête devant une vitrine. Antiquités de marine. Le mot m'intrigue, je m'approche. M'appuie à la vitre, les mains autour des yeux pour neutraliser le reflet. La boutique est fermée. Incrédule, je cherche à déchiffrer l'ensemble hétéroclite que je devine peu à peu. Certains des objets me sont connus, ou j'en devine l'utilité. Poulies, cabestans, sextants et boussoles en cuivre doré, coffrets en acajou incrustés d'une rose des vents en marqueterie, figures de proue grandeur nature, défenses de morse sculptées, harpons pour la pêche à la baleine. Je trouve étrange que ces objets soient maintenant destinés à orner les salons, si loin de leur élément.

Mon regard s'arrête sur une étagère basse présentant de petits objets. C'est l'un d'entre eux qui a attiré mon attention. Je ne bouge plus et Étienne cherche à deviner ce qui m'attire. Puis il me voit glisser le long de la façade, un hoquet au fond de la gorge. Il croit à un malaise, tente de me soutenir. Avec violence je le repousse et le déséquilibre. Puis je m'affaisse encore et me recroqueville sur le trottoir, j'ai l'impression d'être une boule d'épines que personne ne peut toucher. Les bras autour des genoux, je sanglote sans pouvoir m'arrêter. Les passants me regardent, en biais, s'écartent, poursuivent leur chemin. Étienne s'approche de la vitrine, au même endroit que moi, et ne tarde pas à comprendre. L'étagère abrite une petite sculpture de bois peint, bleu et blanc, taillée au couteau, d'un style naïf, maladroit. Un travail de marin, une chose réalisée pendant les temps de repos, à l'abri, sur le pont, entre deux quarts, deux manœuvres. C'est une sirène. Une femme torse nu, queue de poisson enroulée en boucle, ses longs cheveux noirs à l'horizontale, derrière elle, comme soulevés par une bourrasque. Elle porte sa main droite à son front, en visière, en guetteuse. Elle regarde au loin. Plus loin encore que l'horizon.

Étienne détourne le regard et se penche vers moi. À ce moment-là, je ne peux savoir ce qu'il pense, peut-être se dit-il qu'aimer c'est aussi aider l'autre à porter le poids qui l'empêche de vivre. Et il ne peut rien pour moi. Rien du tout. Parfois, il doit me sentir proche, et l'instant d'après, je suis si loin. Je garde toute ma patience, tous mes gestes tendres pour les enfants. Je ne sais s'il pense à mes absences, à mes secrets qu'il respecte sans trop vouloir les deviner. À cette grotte où nous vivons seuls, où personne ne peut entrer, à cette part obscure et inavouable que nous portons en nous. À la sienne. À son impuissance.

Mes sanglots ont fini par se tarir, je me laisse relever, emmener. Je remets de l'ordre dans mes vêtements, je rajuste un bas déchiré, essuie mon genou écorché. Sans un mot, nous rentrons à l'hôtel. Il est l'heure de préparer les bagages.

Monsieur Louis Le Floch
loin en mer

Lorsque tu reviendras, mon Louis, ce sera une liesse, la joie de sourire au monde, à nouveau. À ce moment du repas, nous serons un peu flottants, dans la ferveur, le partage, nous serons étourdis par le bonheur et par les vins qui circuleront à la table, en abondance aussi, dans cette célébration de ce qui vient de la vigne. Arrivera enfin le moment des douceurs, comme une enfance que je réinventerai pour toi, celle que je n'ai pu te donner, le moment du sucre, celui des gâteaux, des tartes, des entremets, des fruits.

Je n'ai pu le faire, sauf à partir du moment où je me suis mariée avec Étienne. Ça a été doux pour toi, dans les débuts, puis je sais combien tout cela s'est mêlé d'amertume dans ta gorge, et dans la mienne. Tu aurais pu haïr Gabriel et Jeanne, devenir jaloux de l'attention exclusive qu'il leur portait, devenir mauvais à leur égard. Jamais tu ne l'as été, en leur témoignant toujours une

161

tendresse, une attention douce, amusée, presque inquiète.

J'ai cru t'offrir une famille, celle que nous n'avions plus, j'ai cru te sortir d'une solitude d'enfant unique trop attaché à sa mère, j'ai cru te redonner un père, un modèle, un nouvel attachement, heureux et fort. Mais cela a tourné court, malgré mes efforts pour apaiser les tensions, les énervements. Je n'ai pas douté de la sincérité d'Étienne à ton égard lorsqu'il est venu me demander de l'épouser, mais parfois on se découvre le cœur moins grand que l'on croyait, et rien n'y fait. Étienne a été bouleversé par ton départ, de cela tu peux être certain, mais il ne sait que faire, ni réparer ce qui ne peut l'être. Je ne t'en veux pas d'être parti, je crois que j'aurais fait de même, peut-être.

Les douceurs de ce repas ne te feront rien oublier, accepte-les comme je te les donne, avec simplicité, pour la joie du moment présent. Elles sont inutiles, ça n'a plus rien à voir avec la faim, il ne s'agit que de gourmandise, un mot que j'ai peine à utiliser tant il m'a été si longtemps étranger.

Je cuisinerai des quatre-quarts, doux et dorés, un biscuit de Savoie léger comme un souffle, avec une crème fouettée, un far aux fruits secs, mêlé de touches de beurre salé, un gâteau au chocolat, car c'est ce que demandent les enfants, des tartes aux fruits de saison, ou de conserve, à défaut, qui dessineront de belles roues sur la table, ce sera là aussi une magnificence, je le veux ainsi. Peut-être ajouterai-je encore ce dessert que tous apprécient, un riz au lait mousseux, aérien, piqueté des grains de vanille d'une gousse grattée au couteau. On le dévore tiède, c'est le dessert préféré de ton frère et de ta sœur. Tu sais, je ne parviens pas à dire ton demi-frère et ta demi-sœur, ce sont des mots qui me blessent, car l'amour ne se divise pas, ne se pèse pas, et je sais toute l'affection que vous vous portez tous les trois. Sache que ton absence est aussi une souffrance pour eux, depuis toutes ces années, et qu'elle se double pour moi du désespoir de ne pas pouvoir leur donner de réponse.

Allons, je ne veux pas t'attrister, les choses sont ainsi, et il n'y a rien à faire. En te parlant, je te sens près de moi. C'est peut-être insensé, ou risible, mais c'est ce qui me tient encore debout.

Je préparerai aussi un dessert que j'affectionne, malgré mon peu de goût pour le sucre. Si je devais me nourrir seule, je me contenterais de galettes, de sardines, de beurre salé et de pommes de terre. Ce que j'ai connu dans l'enfance, et bien heureuse quand il y en avait pour tous sur la table. Mais je ne voudrais pas t'embarrasser avec mon histoire, là non plus il n'y a rien à faire.

C'est une île flottante que je vous ferai, parce que c'est un nom qui me plaît, et que j'y trouve une douceur qui me ravit et me déconcerte. C'est à Paris que je l'ai découverte, lorsque Étienne m'y a emmenée. Ne m'en veux pas de parler de lui. Après ton départ, c'est une bien étrange vie que nous avons menée. Je sais qu'il n'y a pas de jour où il n'a pas regretté son attitude envers toi, et cette scène terrible qui t'a conduit à nous fuir. Il faut aussi que tu saches qu'il m'en a demandé pardon. C'était à Paris, dans cet hôtel où nous avons séjourné.

Tu vois, mes souvenirs sont bien désordonnés parfois. Bien sûr, ses regrets ne t'ont pas fait revenir, ça n'a pas raccourci mon attente. Ce qui est fait est fait. Il ne sert à rien de pleurer sur l'eau renversée. Toujours j'ai pris ta défense. Ce jour-là, je suis arrivée trop tard pour m'interposer entre vous, pour l'empêcher de te frapper. Je sortais Jeanne du bain lorsque j'ai entendu vos cris. Comment penses-tu qu'un cœur de mère résiste à cela ?

Mais je m'éloigne de ce que je racontais, ce plaisir sucré que je veux te faire découvrir. Nous dînions dans une brasserie du quartier Montparnasse, pas très loin de notre hôtel. C'est un de ces restaurants faits pour des centaines de dîneurs, j'avais toutes les peines du monde à entendre ce qu'il me disait, il y avait la rumeur des conversations, proches et éloignées, le bruit des couverts, de la porcelaine entrechoquée, les exclamations des serveurs chargés de plateaux, courant en tous sens, et un orchestre aussi, qui jouait du jazz. Tu sais, cette musique qu'on entend depuis la fin de la guerre, qui donne envie de bondir en tous sens. Étienne l'écoute à la radio, et sur l'électrophone qu'il a acheté, Jeanne et Gabriel eux, préfèrent le rock, ils dansent tous les deux comme des fous et remportent tous les concours, tu leur demanderas, ils seront heureux de te faire une démonstration !

Étienne me parlait du quartier, de l'histoire de cette brasserie où les artistes, les peintres, leurs modèles se retrouvaient, il en parlait comme s'il les avait tous connus. Je faisais des efforts pour distinguer sa voix, car tout ce bruit autour de moi m'était douloureux, je ne rêvais que du calme de notre chambre d'hôtel. Soudain, un serveur a déposé une assiette à la table voisine, et je ne pouvais en détacher mes yeux. C'était une merveille, quelque chose de jamais vu. Une île flottante, un nuage de blancs d'œufs cuits, sucrés, posé sur une crème anglaise, parsemé d'éclats de pralines roses et hachuré de cheveux d'ange en caramel durci. C'est ça que je voulais, et rien d'autre. Pour la première fois de ma vie, j'avais envie de quelque chose, pour moi seule. Ce dessert présenté comme un objet précieux, dans une fine assiette creuse, posée sur une autre, plate et large, avec une cuillère en argent.

Nous avions terminé nos plats, Étienne a commandé pour moi. J'ignorais le nom du dessert, pas lui, bien sûr. Me croiras-tu, mon fils ? À peine avais-je porté une cuillerée à la bouche que j'ai cru fondre en larmes de tant de douceur. J'ai eu toutes les peines du monde à reproduire à la maison les cheveux d'ange en caramel, tu sais. C'est tellement délicat. Je n'étais pas peu fière lorsque j'ai servi ce dessert, pour la première fois, à l'identique de la brasserie ! Tu goûteras ça, Louis, ce sont des joies qui te semblent peut-être dérisoires, mais le bonheur qu'elles procurent, celui d'être tous rassemblés autour d'une table, est immense, et il n'a pas de prix.

Ensuite, tout à la fin de ce repas, lorsque vous serez occupés à trancher les tartes, les biscuits, lorsque les tasses de café viendront envahir la table, je m'éclipserai à la cuisine pour préparer ce que je sais être ton dessert préféré. Je te ferai des beignets, Louis, dorés et croustillants de sucre. J'aurai préparé la pâte le matin, j'aurai mêlé la farine, le lait et les œufs, j'aurai étalé la préparation sur la table et découpé dedans des croissants de lune et des étoiles, comme nous le faisions ensemble au moment du carnaval. Au dernier moment, je jetterai les formes blanches dans l'huile frémissante. Enfant, j'ai reçu un jour des éclaboussures sur les bras, elles m'ont laissé un chapelet de taches que je distingue encore aujourd'hui, mais en ces temps-là, personne ne s'en était soucié, et à me plaindre j'aurais été punie, et crois-moi, je n'avais pas besoin de ça pour l'être. Les morceaux de pâte feront entendre ce bruit particulier, ce craquement accompagné d'une myriade de bulles. En quelques instants, c'est prêt. Les beignets remontent à la surface, gonflés, brunis et colorés d'or. Il suffit de les attraper avec l'écumoire et de les poser sur un plat saupoudré de sucre, de les retourner pour que les cristaux accrochent toute leur surface. Je les recouvre ensuite d'une serviette pour les garder chauds et je les apporte sans tarder. Il faut se brûler en les dévorant, c'est là tout le plaisir.

Pendant que je serai occupée à les préparer, peut-être m'auras-tu suivie, et t'assiéras-tu dans le renfoncement de la fenêtre. C'était ta place préférée dans cette maison. Et nous parlerons. C'est toujours là que nous avons parlé, te souviens-tu ? Je verrai ta silhouette en contre-jour envahir toute la place, et j'entendrai ta voix. Gabriel et Jeanne viendront aussi, car ils voudront t'avoir pour eux, enfin. À table, on s'impatientera de toi, car tu seras le héros de ce jour. Celui qui a couru les mers du monde et qui est revenu.

Lorsque tu seras assis, tu sentiras peut-être une main se poser sur ton épaule, et y demeurer un moment. Je veux imaginer que ce sera celle d'Étienne, ce sera sa façon à lui de te demander pardon, de t'accueillir à nouveau ici, chez toi, de te souhaiter la bienvenue, et il sera sincère. Et à ce moment-là, autour de cette table, enfin réunis dans cette maison qui est aussi la tienne, nous serons heureux. Tu sais, j'ai bien peu de talent, mon fils, mais je veux te donner le meilleur de moi-même, tout ce que je sais faire, pour que ce jour reste à jamais dans nos mémoires.

Ta mère, qui espère toujours

CE QUI PART, CE QUI VIENT

Maman n'est pas rentrée. C'est Jeanne qui dit ça au moment où Étienne rentre. Elle vient de mettre la table et fait face à son père, toute droite, sur le seuil de la cuisine. Gabriel vient de quitter sa chambre et demande ce qui se passe. Étienne a blêmi. Jeanne le fixe avec inquiétude, de ses yeux verts pailletés de noisette. Le séjour est resté dans le noir, personne n'a encore allumé la lampe près du canapé, la belle lumière chaude qui rassure, les volets ne sont pas encore fermés. La maison semble inhabitée, glaciale, abandonnée. *Tu sais où elle est ?* Gabriel interroge son père qui leur a jeté un *restez-là, je reviens*, qui est ressorti dans le noir en claquant la porte, sans même prendre son manteau, et qui se met à courir dans la rue, comme un fou.

Il est parti à pied, et le souffle lui manque vite, ses vêtements, ses chaussures de ville le gênent. Bientôt, il arrive à la sortie du village, là où l'éclairage s'arrête. La nuit est installée, compacte, et au loin, la rumeur de l'océan. Il s'engage sur le sentier, trébuche, car à deux mètres on ne voit rien. Les fenêtres des quelques maisons lui indiquent la route, en minuscules jalons lumineux. Il a passé le carrefour, avec le grand calvaire, la croix qui étend ses bras vers le ciel, ses marches érodées. Il frissonne. Il avance, s'arrête pour reprendre sa respiration. La petite maison est en vue, enfin il lui semble la deviner, c'est un morceau de nuit dans la nuit, les fenêtres n'en sont pas éclairées, il devine juste sa silhouette tassée, le muret de pierres qui l'encercle, le puits au milieu de la cour. Il presse le pas, ne sent pas la bruine qui s'est mise à tomber.

Il frappe à la porte et entre sans attendre la réponse. La pièce est éclairée. Anne est là, assise dans son fauteuil paillé, près de la table. Elle ne l'entend pas. Elle ne l'entendra plus. Étienne s'approche, embrasse du regard cette pièce où il n'est pas revenu depuis tant d'années. Cette maison, c'est le secret d'Anne, c'est son monde, son refuge, son nid de solitude, un lieu où il n'a pas sa place, jamais il ne s'est senti autorisé à y entrer.

Il touche son bras, déjà froid à travers le vêtement. Repousse un amas de tissu posé sur la table, qui le gêne. Il tente de la soulever, elle est légère, le corps est encore souple. Il la pose sur le lit, l'étend de son mieux, ses yeux sont clos. Il déplie une couverture roulée au pied du lit et la remonte sur elle. *Anne, réponds-moi. Anne, je t'en prie.* Il entend ses mots inutiles résonner dans la pièce. Il est encore plus glacé qu'elle, prend sa main inerte, blanche. À sa main gauche, son alliance sur son doigt amaigri brille d'un éclat dérisoire. *Anne. On va rentrer.* Ses yeux s'arrêtent sur l'amoncellement de tissu sur la table. Il remonte encore la couverture sur elle, au-dessus des épaules, s'écarte du lit. S'approche de la table. Il s'apprête à ramasser une partie du flot de tissu blanc tombé à terre, un drap à repriser, pense-t-il.

Puis il remarque une panière sur la table, elle contient une quantité d'écheveaux de fils de couleur, un dé en argent ciselé, des aiguilles de toutes tailles piquées dans un morceau de molleton, de petits ciseaux dorés, très pointus, en forme d'oiseau, dont les lames figurent le long bec. Soudain, tout lui saute aux yeux. Les couleurs, les motifs, sur le tissu qu'il tient entre ses mains. Ce n'est pas un drap, c'est trop étroit, trop long aussi. C'est une nappe, une immense nappe de plusieurs mètres. Son pourtour est bordé de rouge, un beau rouge profond, carmin. Dans la partie centrale, sur toute la longueur, il voit. Une multitude de scènes, avec des personnages hauts de deux ou trois centimètres, la mer, un énorme bateau. Puis il reconnaît la petite maison, ses volets bleus, son muret, son puits, les hortensias, le camélia, les genêts, la bruyère, il reconnaît le sentier douanier, le vieux calvaire, le Trou du diable, les rochers. Il reconnaît une silhouette de femme, aux cheveux noirs qui volent, qui guette l'océan.

Il a posé le tissu à terre et l'étend pour mieux voir, s'agenouille. Il reconnaît Louis et son caban bleu marine, Gabriel penché sur son globe terrestre, Jeanne avec sa robe rouge et ses tresses, et une silhouette en costume gris qui pourrait être la sienne, devant une longue vitrine. Il les voit entourer Louis de leurs bras. Puis c'est un festin entier qu'elle a brodé, jour après jour. Un festin auquel rien ne manque, chaque plat est représenté avec minutie, il voit des homards, des crabes, des palourdes, des coques, des galettes, des pots de confiture, une motte de beurre, une multitude de poissons de toutes formes, comme une pêche miraculeuse, des volailles, des rôtis, des légumes, des fromages, du pain, des fruits, des pâtisseries, des tartes, des beignets, des bouteilles, des tasses de café, il ne manque ni les verres, ni les assiettes, ni les couverts, grands de quelques millimètres. Les personnages lèvent leur verre. Elle a brodé un grand soleil au-dessus d'eux. Abasourdi, il cherche à déchiffrer encore le métrage de toile et se perd dans les dessins. Au tout début, une date. Quelques jours après l'arrivée du *Terra Nova*, sans Louis. C'est à ce moment qu'elle a commencé à venir ici tous les jours. Chaque figurine, chaque objet représente des heures de travail. La fresque de tissu est achevée, elle a eu le temps de broder la date d'aujourd'hui, il y a quelques heures.

Juste au-dessous, elle a signé de ses initiales *A. Q.*, *Vve L. F.* Étienne sent un courant d'air glacé le parcourir en découvrant, à la suite des initiales, une ultime figure. La petite sirène de la rue des Saints-Pères, celle qui l'avait tant bouleversée. Elle est là, brodée, reproduite à l'identique, minuscule et précise, avec sa chevelure brune soulevée par le vent, son ventre arrondi, ses seins, la volute formée par la queue de poisson, et ce regard protégé par la main, interrogeant inlassablement un invisible horizon.

L'invivable attente qui la dévorait depuis tant d'années a fini par lui faire rendre les armes, et Étienne se dit qu'elle avait consenti, parvenue à l'extrémité de ses forces, consenti de tout son être à cet ultime rendez-vous, à cet ultime abandon.

Anne. Celle qui l'avait conduit, sans même le vouloir, dans un monde âpre et obscur qui le fascinait, si loin des rigidités et des conventions du sien, dans un monde de mer, de houle, de ressac, de landes et de rochers qu'elle lui faisait deviner. Il n'avait aimé qu'elle, et l'avait détruite en s'en prenant à son fils, dans son désir de ne vouloir personne d'autre autour d'elle, en dehors des enfants qu'ils avaient eus ensemble. Dans ce trop peu d'amour dont il avait fait preuve, il s'était découvert le cœur plus étroit qu'il ne l'avait cru. Elle l'avait aimé, il en était certain, elle l'avait haï, et elle avait dû vivre entre ces deux sentiments au creux du cœur, malmenée par l'insupportable, l'épuisante sarabande qu'ils avaient dansée ensemble, sans fin, jusqu'à ce jour. Son regard s'attarde sur la simplicité du décor. On a vécu là dans la nudité d'un quotidien réduit à l'essentiel. Travailler, dormir, se laver, se nourrir. Dehors, le grondement de la mer, l'infini du ciel, toute la beauté du monde que nul ne parviendra jamais à enfermer, à posséder, et qui semble ici à portée de main.

Une scène vient brusquement se superposer à ce qui s'offre à ses yeux. Aux premiers jours de leur mariage, il lui avait fait visiter la grande maison, heureux, fier de lui en montrer tous les replis, tous les secrets, toutes les richesses. Il se souvient de son regard poli, presque indifférent devant tout ce qu'il lui montrait, lui expliquait, les chambres meublées d'acajou, les commodes et les armoires débordant de draps brodés aux initiales des générations précédentes, enlaçant sur la toile leurs noms soudés par le mariage, les bibliothèques garnies de reliures en cuir à tranche dorée, les cheminées en marbre rose garnies de pare-feu ouvragés, les gravures de ruines romaines ou de chasse à courre, les coupes de porcelaine chinoise rapportées par un ancêtre aventurier, les ivoires précieux, les plateaux et timbales en argent, les photos d'aïeux inconnus enfermés dans des cadres de bois chantourné, en uniforme ou costume austère, barbes, gros ventres, chaînes de montre et monocles, avec leurs épouses en chignons, armées d'ombrelles et parées de longs sautoirs de perles. Elle lui avait dit en souriant *ils ne t'empêchent pas de vivre, tous ces gens ?* Il l'avait regardée avec stupeur. Un soir en rentrant, il avait remarqué qu'elle avait décroché tous les portraits, sans rien toucher d'autre. Il n'avait rien dit.

Il revoit aussi la fin de cette exploration des entrailles de la grande maison. Il lui avait montré le petit jardin, sur l'arrière, où l'on accédait par une véranda ; elle avait aimé cet espace clos bordé de troènes entêtants et y avait disposé, plus tard, une table, des fauteuils en osier pour les beaux jours, et, plus tard encore, une balançoire pour les enfants. Enfin, ce jour-là, il lui avait montré la cave, deux niveaux profonds enterrés, séparés par quelques marches de pierre. Elle avait eu l'impression de descendre au centre de la terre, avait-elle dit en se frayant un passage entre le tas de charbon, les malles et les cantines aux serrures cassées, les commodes éventrées, les chandeliers dépareillés, les baïonnettes de la Grande Guerre, un lot de cannes à pêche en bambou, les brocs de toilette en porcelaine fleurie, les paravents au tissu défraîchi, toutes ces choses inutiles qu'entassent les générations, en inutiles remparts contre le temps. Elle lui avait pris la main et l'avait attiré à lui, et elle l'avait embrassé, furieusement, longuement. Il l'avait prise contre le mur aux pierres irrégulières tapissées de toiles d'araignée centenaires, et ils étaient remontés, chancelants, heureux, couverts de poussière.

Étienne frissonne. Se débat contre un vertige. Anne est là, blanche et immobile, des ombres commencent à marquer son visage livide. Sur la table, il découvre une sorte de housse en tissu, fermée par un lacet coulissant, puis un sac en toile cirée, étanche, sur lequel une étiquette en tissu est cousue, brodée elle aussi en rouge, comme le pourtour de la nappe. *Pour le Retour de Louis.* Les lettres possèdent la même précision, la même élégance que les dessins brodés, la même harmonie dans leur disposition. Il lève ses yeux, regarde Anne, figée à jamais. Il sursaute. Replie hâtivement le tissu, le pose sur la panière. Il se sent mal, un vertige, une nausée, il se dirige vers la cuisine pour chercher un verre d'eau. En ouvrant le placard au-dessus de l'évier, son regard tombe sur une pile d'assiettes. Il les reconnaît, Anne les avait utilisées le jour de sa visite, il reconnaît la rosace décolorée au centre, la faïence fendillée. Juste à côté, sur une autre pile, il voit un carton carré qu'il reconnaît aussi. *Aux Délices, 27 Grande rue.* La couleur est à peine passée, les lettres bordeaux sont intactes. Le carton a été plié, bien à plat, et posé là avec soin. Étienne doit s'asseoir, il rejoint la pièce principale où il a étendu Anne et s'assied près d'elle au bord du lit.

Des images désordonnées se bousculent devant ses yeux. Ils sont ensemble à l'école, à quelques pupitres d'écart, et il fixe ses nattes noires, son cou si blanc, ses mains tachées d'encre, aux ongles rongés, qui lui valent des punitions. Il lui offre son goûter, et elle refuse, trop fière, alors qu'elle n'a rien apporté pour elle. Elle n'a pas appris ses leçons, ou elle a taché son cahier, ou elle a cassé son ardoise, oublié son chiffon et sa craie, oublié le livre de la bibliothèque qu'elle n'a pas eu le temps de finir et ne se décide pas à rapporter, elle devra rester à recopier des centaines de lignes dans la salle de classe refroidie, face aux cartes de géographie accrochées aux murs, avec leurs espaces bleu, rose, vert ou jaune pâle, qui délimitent des massifs montagneux et des fleuves qu'elle ne verra jamais. Elle manque l'école de plus en plus souvent, et lorsqu'il s'enhardit à lui demander pourquoi, elle crâne et lui répond *si tu crois que je n'ai que ça à faire !* Sur ses bras, sur ses jambes, il a trop souvent remarqué de vilaines traces violettes, et il ne sait pas quoi dire. Une fois, c'est elle qui apporte en classe, triomphante, une brassée de genêts pour le cours de dessin, et elle en pose une tige sur son pupitre à lui. Des années plus tard, il l'a retrouvée, à peine décolorée, entre les pages d'un livre où il l'avait glissée avec soin. À sa mère, il avait demandé la permission, une année, de l'inviter pour son anniversaire. Une moue embarrassée avait accueilli sa demande, *mais tu n'y penses pas, mon garçon, elle serait gênée ici, cette petite, ce n'est pas sa place.* Étienne n'avait plus invité personne. Puis il y avait eu le jour de l'orage, et malgré le froid, malgré la peur, il aurait voulu que ce moment, serré contre elle dans les rochers, ne finisse jamais. Et le jour où il avait appris son mariage.

Il ne s'était jamais pardonné de ne pas être allé la trouver avant Yvon, jamais pardonné son absence de courage pour l'imposer chez lui. Il ne s'attendait pas à ce qu'elle se marie aussi jeune, alors que lui était encore étudiant. Le pire jour de sa vie. Avec celui du départ de Louis, et avec cet instant présent où il se tient auprès de son corps muet et glacé. L'avait-il rendu heureuse ? Mais sait-on jamais ce qui comblera l'autre ? Jusqu'à cette scène avec Louis, il le croyait. Avec Jeanne et Gabriel, il le croyait. Dans le secret de leur chambre, il le croyait. Et il avait tout gâché. Pas capable d'aimer son fils comme il l'aurait voulu, comme il le lui avait promis. Et maintenant c'est fini. Il se lève et regarde à nouveau la nappe brodée pour Louis. Ils sont tous ensemble, et ce soleil au-dessus d'eux, qui les réchauffe de ses rayons.

Le souvenir des enfants restés à la maison, dans l'attente, l'arrache à ses pensées. Il ressort en laissant la lampe allumée ; la nuit s'est encore épaissie. Il devine le chemin sous ses pieds, se remet à courir dès qu'il atteint le village éclairé.

À la maison, il retrouve Gabriel et Jeanne immobiles dans le séjour, silencieux, anxieux, interrogateurs, assis sur le canapé, un livre à la main. Il se jette dans leurs bras.

Avant l'aube, le docteur Grange est passé constater le décès. Trop de fatigue, trop de peine, trop d'attente. *Le cœur s'est usé, lassé, Étienne, vous comprenez. Il a cédé. Et ses poumons, bien sûr. Inutile d'autopsier, épargnons-lui, épargnons-vous cela.*

Quelques jours pour préparer le dernier accompagnement d'Anne, et pour s'y préparer. Étienne est allé au bureau de poste, il a envoyé des télégrammes à Louis par l'intermédiaire de la Compagnie générale maritime pour tenter de le prévenir, quelques mots à plat sur une feuille, glissés sous la vitre du guichet, qui réduisent leur histoire à ce qui vient de se passer, de nouer leurs gorges et de les foudroyer, et on lui répond qu'il ne figure sur aucun rôle d'équipage. Il se rend sur place au port, dans les bureaux on lui suggère que le garçon a changé d'employeur, en passant d'une compagnie à une autre, au gré de ses embarquements. On lui promet de faire ce qui est possible pour lui transmettre le message. Un jour ou l'autre, ici ou là, il le recevra. C'est ce qu'on lui affirme.

Ce sont les femmes des maisons du chemin qui ont préparé Anne et l'ont veillée en compagnie d'Étienne, de Gabriel et de Jeanne. Avant de partir pour l'enterrement, Étienne a lissé et plié avec soin la nappe, l'a glissée dans la housse de tissu, puis dans le sac étanche, et il l'a posée au milieu de la table.

À l'église, tous trois se tiennent serrés pour faire rempart à la peine, d'un seul corps. Les mots du prêtre s'envolent dans les volutes d'encens sans qu'Étienne y prête attention. Il abrège autant qu'il peut les poignées de main et accolades, les mines trop contrites, trop compréhensives, trop désolées. Tout ce qu'il veut, c'est retrouver le souvenir d'Anne à la maison, près de ses enfants, et se tenir chaud ensemble.

Plus tard, les femmes du chemin sont revenues nettoyer, ouvrir la maison d'Anne pour en faire sortir la tristesse, pour la rendre à la vie. Elles n'ont pas touché au paquet posé sur la table. Puis elles ont tiré les volets, fermé la porte, et déposé la grosse clé sous le galet, près du muret. Au loin, porté par le vent, on a entendu l'appel d'une sirène de bateau, un mugissement de bête blessée.

Je suis rentré. J'ai reçu le télégramme d'Étienne, ou plutôt, il a fini par me trouver. J'étais dans le golfe de Guinée, sur le *Santa Catarina*, un minéralier, nous ramenions une cargaison de phosphate du Mozambique. À la fin de mon service, on m'a appelé au poste de commandement, le radio m'a tendu le message intercepté. *Désolé, vieux.* C'est tout ce qu'il m'a dit. Ça suffisait. Pas facile à annoncer, ce genre de choses. Je n'ai rien pu répondre. Je suis allé prendre ma douche, j'ai passé des vêtements propres, j'ai évité le dîner. Pas envie de parler. Toute la soirée, et une partie de la nuit, je suis resté sur le pont à regarder l'horizon. J'ai pensé à ma mère, à tout ce temps depuis mon départ. À tout ce qui s'est passé. À Jeanne et à Gabriel. À Étienne, forcément. J'ai tout fait pour revenir au plus vite, même si je savais que ce serait de toute façon trop tard pour l'enterrement. Il ne fallait pas m'énerver, à bord, ces jours-là. J'ai fait le coup de poing pour pas grand-chose.

Je suis arrivé avant-hier soir, dans la nuit, trop tard pour rentrer à la maison. Celle de ma mère. La mienne maintenant. J'ai du mal à me dire que j'ai une maison à moi. Hier matin, j'y suis allé de bonne heure, dès qu'il a fait jour, je ne pouvais pas dormir. J'ai l'ai retrouvée, au bord du sentier, avec ses buissons d'hortensias tout autour, et le camélia qui s'accroche toujours aux pierres sèches, avec les volets bleus qui ont besoin d'être réparés et repeints. Le camélia, je ne le voyais pas si grand, les hortensias non plus.

J'ai marché vite, mon sac de marin sur l'épaule, et j'ai couru lorsque j'ai vu les fenêtres. Je sentais le télégramme froissé, plié en quatre dans ma poche de chemise, il me brûlait la peau à travers le tissu. Dans la cour, je me suis arrêté pour reprendre mon souffle. J'ai soulevé la pierre près du seuil, la clé était toujours là, mais j'ai dû donner un coup d'épaule pour que la porte cède.

J'ai poussé les volets, là aussi j'ai forcé pour les ouvrir et laisser entrer le jour. J'ai retrouvé notre pièce unique, le fauteuil paillé et la table. Et puis j'ai vu le paquet.

Je l'ai ouvert en hâte, les doigts trop nerveux. J'ai trouvé à l'intérieur le tissu brodé, il m'a échappé des mains et je l'ai posé sur la table. Je l'ai fait glisser, bien à plat, pour tout découvrir. Je l'ai lu comme un livre et j'ai compris que c'était celui de mon absence. Je l'ai touché comme si c'était une peau, une peau vivante qui me caressait, qui me parlait et pardonnait mon départ. J'étais heureux d'être là, oui, heureux, malgré tout.

Et puis je me suis levé, j'ai chancelé et me suis perdu longtemps dans l'histoire qui m'était racontée, rien qu'à moi, et j'ai deviné tous ses mots. Personne ne m'a vu pleurer. J'ai replié la toile, refait le paquet pour la protéger et la glisser à l'intérieur de mon sac. J'ai refermé les volets.

Je suis sorti, j'ai fermé la porte de mon mieux et remis la clé sous la pierre plate. J'ai sorti mon couteau pour couper une brassée d'hortensias et des branches de camélia, j'ai remis mon sac à l'épaule et suis reparti sur le chemin. J'ai aussi coupé des tiges de genêts en fleur et de la bruyère. Je me suis penché au ras du sol pour cueillir ces fleurs jaunes et sèches à l'odeur d'épice dont j'ignore le nom, jusqu'à ce que mes bras et mes mains ne puissent rien tenir de plus.

Je me suis dirigé vers le village et me suis arrêté juste avant, au cimetière. J'ai hésité, et puis je me suis souvenu de toutes ces Toussaints où nous allions fleurir les tombes. Je suis allé déposer quelques fleurs sous la plaque où est gravé le nom de mon père, avec celui des autres marins de la *Marie-Annick*. Puis j'ai pris la première allée sur la gauche et j'ai marché une vingtaine de mètres. Dalle grise. Famille Le Floch. Là, j'ai disposé ma brassée de fleurs sur le granit gris, et aussi tout autour, comme une grande couverture. Je me suis assis à côté, et j'ai parlé à ma mère. Seuls le vent ou les oiseaux ont pu entendre.

L'air était transparent, le jour vif. Je lui ai raconté les bateaux et les lointains, les confins de la terre et de la mer, les horizons, les soleils levants et les soleils plongeants. Je lui ai dit les fraternités, les vraies et les passagères, les solitudes, la fatigue des corps, les blessures, les dos fourbus et les sommeils d'un noir d'encre. Et le désir de la terre, qui saisit parfois, puis quitte le marin une fois assouvi. L'appel, reprendre la vague. Je lui ai dit aussi que je les avais vues, les baleines. Les baleines, vieilles comme l'histoire du monde. Leurs jets d'eau à l'horizon, et la splendeur de leur mouvement parfait quand elles plongent. Tout l'équipage sur le pont. Silencieux devant ce spectacle qui fait de nous des rois. Ce jour-là, j'ai retrouvé l'été de mes neuf ans, la main de ma mère que j'avais lâchée, la promesse que je m'étais faite. Je lui ai dit aussi que parfois, au couchant, quand je suis sur le pont, je ne peux m'empêcher de guetter le rayon vert, à l'instant où le soleil plonge derrière la terre, quand il emporte le jour avec lui dans sa disparition. Et je crois bien l'avoir vu.

Je commence à réaliser qu'ici se trouve mon ancre. Celle que j'ai cherchée pendant toutes ces années. Je sais désormais qu'un fil invisible me ramènera là lorsque j'aurai épuisé toutes les mers du monde et lorsqu'elles m'auront lassé. Je comprends que maintenant, entre la terre et l'océan, il y a une invisible soudure, une suture, un passage qui pourra s'accomplir. Quelque chose s'éclaircit et me propose un chemin. Je crois aussi qu'il y a cet enfant de neuf ans sur la plage qui me tend la main.

La prochaine fois, lorsque les vents me reconduiront ici, j'irai voir Étienne. Je trouverai le courage de traverser le village, mon sac sur l'épaule, et d'aller jusqu'à la rue des Écuyers. Je serai un revenant bien vivant, qu'on pourra voir passer devant les fenêtres, à travers les rideaux de dentelle et les carreaux, j'avancerai sans m'arrêter. La prochaine fois. C'est une certitude. Je n'ai plus peur. Je n'ai plus honte d'être celui que je suis. Je ne demanderai rien, je serai là, c'est tout. Nous parlerons, j'espère. Sans haine. Apaisés. C'est tout ce que je souhaite. J'aimerais revoir Gabriel et Jeanne. Malgré les années, je leur ai gardé mon affection, je voudrais tant que ce soit réciproque. Puis je repartirai. Les bateaux rappellent toujours ceux qui les aiment, j'ai appris ça.

En sortant du cimetière, j'ai tourné le dos au village, j'ai rejoint la grande route, j'ai attendu le bus. J'avais froid, ma mâchoire tremblait. Je suis retourné au port. La nuit sera courte. Demain matin, à l'aube, le *Crystal Diamond* appareillera pour Anchorage avec une cargaison de charbon, ou de blé, je ne sais plus, qu'importe, il cherchait à compléter son équipage. J'ai signé. Je n'ai encore jamais navigué là-bas, dans le blanc, dans la grande solitude du blanc, dans la glace. Il y a longtemps que j'en rêvais. Je peux aller désormais. Je sais que je ne serai plus jamais seul, et que je n'aurai plus jamais froid.

audiolib
écoutez, c'est un livre !

GAËLLE JOSSE

ÉCOUTEZ UN EXTRAIT

UNE LONGUE IMPATIENCE

LAISSEZ-VOUS TRANSPORTER
PAR CE SUBLIME PORTRAIT DE
FEMME INTERPRÉTÉ TOUT EN
NUANCES PAR DOMINIQUE BLANC.

DISPONIBLE LE 13 MARS EN CD CHEZ
VOTRE LIBRAIRE ET TÉLÉCHARGEMENT
SUR WWW.AUDIOLIB.FR

12255

Composition
NORD COMPO

*Achevé d'imprimer en Espagne
par* CPI BOOKS IBERICA
le 13 janvier 2018.

Dépôt légal : janvier 2018.
EAN 9782290169827
OTP L21EPLN002472N001

ÉDITIONS J'AI LU
87, quai Panhard-et-Levassor, 75013 Paris

Diffusion France et étranger : Flammarion